لکیریں

(افسانے)

نضیر آ اعظم

LakeereiN *(Short Stories)*

by: Nazeera-e-Aazam

Edition: January '2025

Publisher :

Taemeer Publications LLC (Michigan, USA / Hyderabad, India)

ISBN 978-93-6908-934-5

کتاب	:	**لکیریں** (افسانے)
مصنفہ	:	**نضیر اؔ اعظم**
صنف	:	فکشن
ناشر	:	تعمیر پبلی کیشنز (حیدر آباد، انڈیا)
سالِ اشاعت	:	۲۰۲۵ء
صفحات	:	۹۰
سرورق ڈیزائن	:	تعمیر ویب ڈیزائن

فہرست

ان حوصلہ افزائیوں کے نام ------

جنہیں میرے شعور نے پاپا امی کا لقب دیا !

میری ماں نے مجھے رشتوں کی شناخت، اہمیت،
افادیت، قوت اور نزاکتوں سے آگاہ کیا ___

اور ___
میرے باپ کے عمل نے مجھے صرف ایک بات سکھائی
کہ . . . . . رشتے کیسے قائم رکھے جاتے ہیں!

دیباچہ

پہلا افسانہ اس وقت بے سان وگمان تخلیق ہوا جب بہار کی آمد آمد تھی۔ جذبوں میں انجانی سی کسک اتر آئی تھی اور پھر بہار اور کسک آشنا نا آشنا میں ڈھل گئی ـــــ میں سمجھتی ہوں کہ زندگی میں انسان خود کچھ نہیں کرتا بلکہ کر ہی نہیں سکتا ہے۔ یہ تو اس کے اردگرد کے حالات وواقعات اور افراد ہیں جو اسے زمانے میں ایک مقام دلاتے ہیں۔

اس کتاب کے منصۂ شہود پر آنے میں جہاں جذبوں اور کسک نے ہمنوائی کی، وہیں ان دونوں چیزوں کو کہانی کا روپ دینے میں صرف اور صرف میرے والد کا ہاتھ ہے جنہوں نے برسوں پہلے مجھے ادب کی طرف مائل کیا تھا، ادبی تحریروں پہ بحثیں کیں... باوجود اس کے کہ مجھے ان کی اس قسم کی خشک تقاریر کبھی نہیں بھائیں لیکن سعادتمندی احتجاج کو تھپک دیتی اور اگر اس وقت یہ نہ ہوتا اور احتجاج غالب آجاتا تو آج ذہن کو جو، تھوڑی بہت بالیدگی ملی ہے اس سے محروم رہ جاتی ـــــ اور اپنی بہت سی ساتھیوں کی طرح زندگی ایک لگے بندھے ڈھرے پہ گذار رہی ہوتی، جہاں "نہ" کی طاقت نہ ہوتی اور صرف "ہاں" ہی سے آشنائی ہوتی اور میں بھی بہت سے قریبی و دور کے رشتوں اور حوالوں میں الجھ کر اپنی شناخت اپنی ذات کے حوالے سے یکسر نابلد رہ جاتی۔

انسان خداوند تعالیٰ کی عجیب وغریب تخلیق ہے۔ کہیں ایک چھوٹے سے حصول کی خاطر

اسے آگ کا دریا عبور کرنا پڑتا ہے اور کہیں سب کچھ مل جانے کے بعد آگ کے دریا میں بھسم ہونا پڑتا ہے اور میں سمجھتی ہوں کہ سب کچھ ملنے سے بہتر ہے کسی چھوٹے مقصد کے لیے انسان آگ کے دریا میں اتر جائے کہ یہی چھوٹا مقصد کسی دن اسے بڑی منزل تک پہنچا دیتا ہے!

یہ کتاب جو اس وقت آپ کے ہاتھوں میں موجود ہے، یہ میرے اردگرد اور بے حد قریب کی سچائیاں ہیں۔ اس میں معاشرے کا جبر بھی ملے گا اور محبت کے روپ بھی۔ نرم و نازک جذبوں کو مصلحت اور منافقت کے کفن میں لپیٹنے کا عمل بھی اور چاہتوں کے انداز بھی۔ افسانوں کو یکجا کرنے کے بعد جو سمجھ میں آیا وہ تجزیے کے طور پر چند سطروں میں بیان کر دیا ہے۔ آپ کیا فیصلہ کرتے ہیں؟ — اس کا نقیب صرف وقت ہوگا —!

نضیرأ اعظم

برزخ

"ہاؤ از لائف ہنی ؟" ـــــ رازی میرے قریب صوفے پر بیٹھتا ہوا بولا۔

"فنٹاسٹک ! ـــ تم ادھر کیسے آ گئے ؟" ـــــ میں نے اس کی طرف دیکھ کر مسکراتے ہوئے پوچھا۔

"یو نو ا سین ـــــ آئی ایم ویری مچ ـــــ ڈپریسڈ !" اس نے لڑکھڑاتے لہجے میں بوجھل آنکھوں سے میری طرف دیکھتے ہوئے کہا، جہاں مے نوشی کی سرخی گمک رہی تھی۔

"اتنی زیادہ مت پیا کرو کہ ڈیپریشن کا شکار ہو جاؤ !" ـــــ میں نے ہال میں بجھے تیز موسیقی پر وحشیانہ رقص کرتے ملکی غیر ملکی جوڑوں کو دلچسپی سے دیکھتے ہوئے کہا۔

"آؤ تم ہمیں جوائن نہیں کرو گی ؟" ـــــ وہ میرے عین سامنے کھڑا تھا ـــــ اس کی بانہیں کھلی تھیں ـــــ میں نے ایک نظر اس کے وجود پر ڈالی۔

"تم جانتے ہو رازی کہ . . . . . " میں رک گئی وہ میرے سامنے کھڑا ادھورے جملے کی تکمیل کا انتظار کرتا رہا ـــ ! ـــ کہ نہیں !" ـــ اور ان دو لفظوں کے ساتھ اس کے کھلے بازو جیسے بے جان ہو کر دائیں بائیں لٹک سے گئے۔

"ٹھیک ہے ـــ ایز یو لائک ـــ آئی وِل فائنڈ سم باڈی ایلس !"
یہ کہہ کر وہ اچھلتے کودتے مردوں اور عورتوں کے ہجوم میں گم ہو گیا۔

"میں یہاں بیٹھ سکتا ہوں !" ـــــ آندرایا کی آواز نے میری محویت کو توڑ دیا۔

"ضرور !"— میں ایک طرف کھسک گئی۔
"لگتا ہے تم کو رقص سے دلچسپی نہیں ہے !"— وہ وہسکی کے گھونٹ بھرتے ہوئے بولا۔
"نہیں یہ بات نہیں — دلچسپی تو ہے مگر اس میں شامل ہونا میرے مسلک کے خلاف ہے !"— میں زور سے ہنس پڑی — وہ چند لمحے غور سے میری طرف دیکھتا رہا— پھر خود بھی ہنس پڑا۔
"مجھے ایسی لڑکیاں پسند ہیں !"— وہ بولا۔
"خوب !— جرمن خون کی رجعت پسندی کم ضرور ہو جاتی ہے مگر جاتی نہیں — بالکل ہم لوگوں کی طرح !"— میں نے کہا اور وہ چونک پڑا۔
"کمال ہے — جینی نے میرے بارے میں بہت کچھ بتادیا ہے !" اس کے لہجہ میں حیرت تھی۔
"بہت کچھ ! ؟— ارے نہیں جناب سب کچھ !"— میں اپنی رو میں کہہ گئی۔
"یعنی ! !"— وہ سوالیہ نظروں سے میری طرف دیکھنے لگا۔ اور ایک لمحہ کو میں بُری طرح سٹپٹا گئی۔
"یعنی یہی کہ تم نہ صرف ایک اچھے باس ہو بلکہ بہترین انسان، مخلص دوست اور بہت محنتی ہو !"— میں نے بات کو سنبھالا— اور وہ ہنس پڑا۔
"بالکل اسی قسم کے الفاظ اس نے تمہارے لئے کہے تھے کہ تم اس کی بچپن کی دوست ہو— بے حد مخلص — بہت محبت کرنے والی — بلکہ جس روز تم نے جنّس میں اسے فون کرکے یہاں آنے کا بتایا تھا اس روز سے اس نے تمہاری پبلسٹی شروع کردی تھی — میں نے اس سے کہا تھا کہ تمہاری اتنی اچھی دوست آرہی ہے اسے ہمارے ڈنر پر ضرور لانا !"— آندرایا نے بتایا — اور اس سے قبل کہ میں کچھ

جواب دیتی ــــ موسیقی کے پرشور سُر نرم روی سے بہنے لگے ۔ کچھ جوڑے تھک کر ہال میں پڑے صوفوں اور کرسیوں پر بیٹھ چکے تھے ــ کچھ اٹھ کر دوبارہ رقص کے لئے چلے گئے تھے ۔ زینب تھکی ہاری ہمارے قریب آکر بیٹھ گئی ۔

" دیکھو بین ــ یہ آندرایا کسقدر کمینہ ہے ــــ ایک بار بھی تو مجھے ڈانس کی آفر نہیں دی !" ــــ اس نے سرگوشی میں مجھ سے شکوہ کیا ۔

" تو ــــ تمہارے لئے کیا فرق پڑا ؟" میں نے ایک نظر اس کے دبلے پتلے میکسی میں چھپے وجود کو دیکھتے ہوئے کہا ۔

" ہاں ــ کوئی خاص تو نہیں "۔

" آندرایا ــ کیا خیال ہے ایک راؤنڈ نہ لے لیں ؟" ــ وہ ایکدم ہی سنجیدہ بیٹھے آندرایا کی طرف مڑی ۔ عجیب گہری ہوئی التجا تھی اس کی زبان پر ۔

" ہاں ہاں کیوں نہیں جینی !" ــــ وہ گزرتے ہوئے ویٹر کی ٹرے میں گلاس رکھتا ہوا بولا اور اٹھ کھڑا ہوا ۔

میں اور زینب بچپن کی سہیلیاں تھیں ــــ ہمارے والدین اتفاقاً ساتھ ہی بابر رہے ہم دونوں نے ایک ہی اسکول میں تعلیم پائی ۔ پھر میرے والدین تو ہم بہن بھائیوں کے مستقبل کی خاطر پاکستان آگئے اور زینب کے والدین اپنے بچوں کے مستقبل کی خاطر وہیں رک گئے ۔ انہوں نے نوکری کو خیر باد کہہ کر تجارت شروع کر دی ــ اور ہم دونوں میں بس خط وکتابت کا ہی سلسلہ رہا ــــ اور اب تقریباً پندرہ سولہ برسوں بعد ہماری ملاقات ہوئی تھی میں ایک سیمینار میں شرکت کے لئے اسلام آباد آئی تھی ــ اور زینب کے والدین اب مستقل طور پر یہیں تھے ۔ آندرایا اس کے ساتھ سفارت خانے میں کام کرتا تھا اس کا باس تھا اور بقول اس کے کہ یہ دونوں ایک دوسرے کی محبت میں گرفتار تھے !

"اوہ! سبین کتنا مزہ آیا آج کی پارٹی میں ـــــ آج میں بہت دنوں بعد گھر سے نکلی تھی!" رات کافی بیت چکی تھی اور ہم دونوں اس وقت پارٹی پر گفتگو کر رہے تھے۔

"مجھے تو حیرت ہوئی پاول کو دیکھ کر چند برس پہلے جب پاکستان آیا تو مجھ سے ملنے آیا تھا ـــ کسقدر ہینڈسم ہوا کرتا تھا ـــ اب تو بالکل بھینسا ہوگیا ہے ـــ لگتا ہی نہیں کہ ۲۸، ۲۹ برس کا لڑکا ہے!" میں نے حیرت سے کہا۔

"ہاں ـــ پیتا بے تحاشا ہے اور کھاتا اس سے زیادہ ہے! وہاں کیمبرج میں ہم سب کلاس فیلوز اسے ٹوکا کرتے تھے ـــ مگر مانتا ہی نہیں تھا ـ!" زینب نے کہا۔

"دنیا کسقدر سمٹ گئی ہے ـــ کہاں کے لوگ کہاں مل جاتے ہیں"۔ میں نے کہا۔

"ہاں ـــ اور کبھی فاصلے اتنے بڑھ جاتے ہیں کہ آمنے سامنے رہتے ہوئے بھی لوگ ایک دوسرے کو مل نہیں پاتے!" ـــــ وہ اپنے کپڑے ہینگر میں لٹکاتے ہوئے بولی۔

"ہاں ـــ ایسا بھی ہوتا ہے!" ـــ میں نے لحاف گردن تک کھینچتے ہوئے کہا۔

"ہاں ـــ اب بتاؤ کہ آندرایا کے بارے میں تمہارا کیا خیال ہے ـــــــ ڈونٹ یو تھنک ـــــ میرا مطلب ہے کہ وہ مجھ میں INTERESTED ہے؟" ـــــ وہ اپنی مسہری پر آرام سے بیٹھتی ہوئی بولی۔

"وہ زینب ـــ مجھے کوئی خاص اندازہ نہیں ہوا!" ـــ میں نے بات ٹالنا چاہی۔

"پھر بھی ـ کچھ تو ـ ڈنر پر ـ ڈانس پر ـ کہیں تو؟؟" ـ اس کے لہجے کی گرامسے میں تڑپ گئی اور اب سچ بولنا میرے لئے ممکن نہ رہا۔

"ہاں ـــ بہت ہلکا سا ـ شاید وہ تم میں دلچسپی لیتا ہے ـ یا شاید ... پتہ نہیں ...." میں نے بات گول مول کردی۔

"یہی تو میں تم کو اتنے دن سے بتا رہی ہوں !"۔۔۔ وہ خوشی سے چلا اٹھی۔

"لیکن ۔۔۔ زینب ۔۔۔ جب تک وہ خود کوئی بات نہ کرے ۔۔۔ تم پہل نہ کرنا !"۔۔۔ میں نے اس کی طرف کروٹ لیتے ہوئے کہا۔

"مگر ۔۔۔ بین یہ تو ایک حقیقت ہے !" وہ ذہنی طور پر ایک فیصلہ کر چکی تھی اور اسی پر اڑی ہوئی تھی۔

"ہاں ہو بھی سکتا ہے ۔۔۔ لیکن ایسی حقیقتیں جب عام زندگی کی معمولی سی سچائی سے ٹکراتی ہیں تو چکنا چور ہو جاتی ہیں !"۔۔۔ میں نے بستر پر بیٹھتے ہوئے کہا۔

"اونہہ چھوڑو یہ بیکار کا فلسفہ۔ آندرایا کی باتیں کرو !"۔۔۔ وہ اپنی مخروطی انگلیوں سے اپنے چھدرے بالوں کو سنوارتے ہوئے بولی۔

"اچھا۔۔۔ فرض کرو تمہارا افیئر کامیاب ہو جاتا ہے اور تمہاری شادی کسی نہ کسی طرح آندرایا سے ہو جاتی ہے تو کیا تم اُسی سوسائٹی میں ایڈجسٹ کر سکو گی ؟"۔۔۔ میں نے بغور اس پانچ فٹ کی انیتس سالہ لڑکی کو دیکھتے ہوئے پوچھا جو اس وقت بارہ تیرہ برس کی احمق سی لڑکی لگ رہی تھی جو کرنا کچھ چاہ رہی ہو اور کرتی کچھ چلی جا رہی ہو۔

"ہاں کیوں نہیں ۔۔۔ بلکہ ان PATTY پاکستانی مردوں سے بچ جاؤں گی ۔۔۔ جن کی بور نژوا سوچ عورت کے باب میں ایک خاص حد سے آگے جاتی ہی نہیں ۔۔۔ ان کے نزدیک عورت یا تو دیوی ہے جسے یہ پوج سکیں اور یا پھر داسی ! جو لغیر بولے ان کے ہر اچھے بُرے پر سر جھکا دے ۔۔۔ تم خود ہی کہو بین ! کیا کوئی تیسرا رتبہ ہماری عورت کی تقدیر میں ہے ؟" اس کے لہجہ میں پوشیدہ بغاوت چلا اٹھی تھی۔

یہ تمہارا گڑھا ہوا فلسفہ ہے ورنہ اتنی شدت سے نہیں ۔۔۔ اور جس کلاس کی تم ہو وہاں تو بالکل ہی نہیں ۔۔۔ بلکہ وہاں عورت مرد کا استحصال کر رہی ہے !"۔ میں نے کہا۔

"اونہہ ! تم تو بین ! بس اندازے ہی لگاتی رہتی ہو !"۔ وہ چھت کو گھورتے ہوئے بولی۔

"اچھا یہ بتاؤ رازی نے ابھی تک شادی کیوں نہیں کی؟" —— میرا ذہن ایک دم ہی اس کے بھائی کی طرف چلا گیا تھا۔

"پاگل ہے وہ تو —— دیکھو تو مجھ سے آٹھ نو سال بڑا ہے لیکن ابھی تک اپنے آپ کو ٹین ایجر سمجھتا ہے —— چھوٹی چھوٹی لڑکیوں سے دوستی کرتا ہے —— اور جب وہ اسے انکل کہہ دیتی ہیں تو —— تو —— بہن! پتہ ہے وہ ساری رات کمرہ بند کر کے شراب پیتا ہے یا پھر لاہور چلا جاتا ہے کسی کال گرل کی تلاش میں —— مگر۔ اس کے شادی نہ کرنے میں بھی مم اور ڈیڈ کا ہاتھ ہے!" —— اس نے تلخی سے کہا۔

"آنٹی .... اور انکل کا .... مگر......"

"خیر چھوڑو بھی — یہ ان کا پرسنل معاملہ ہے —— ہاں تو میں تم سے آنندرایا کی بات کر رہی تھی" —— اس نے میری بات کاٹتے ہوئے کہا۔

"وہ بھی کریں گے —— لیکن زینب میری سمجھ میں یہ بات قطعی نہیں آ رہی کہ نہ تم شادی کرتی ہو نہ رازی —— تم لوگوں کے پاس آخر کمی کس چیز کی ہے —— دولت، نوکری، STATUS، لکھے پڑھے ہو —— خوش شکل ہو —— اونچی سوسائٹی میں MOVE کرتے ہو —— مگر پھر کیوں؟ اور پھر یہ پرابلم تو مڈل کلاس یا لوئر مڈل کلاس کا ہے!" میں نے سوچتے ہوئے کہا۔

"نہیں —— ان کے ہاں صرف شادی پرابلم ہے —— ہماری کلاس میں بہت سے اور مسائل بھی ہیں" —— وہ کہتے کہتے رک گئی۔

مگر کچھ لڑکیاں میری طرح بھی ہوتی ہیں جن کے پاس سب کچھ ہوتا ہے۔ مگر! وہ پھر بھی خالی ہاتھ ہوتی ہیں۔ اور ان کے پاس صرف اور صرف آرزوئیں ہوتی ہیں —— چاہے جانے کی —— پانے کی —— تمنائیں ہوتی ہیں —— گھر بنانے کی۔ گھروں میں حکمرانی کی اور .... اور .... اس کی آواز گھٹ سی گئی —— اور باہر دسمبر کی شدید سردی کی گلن میرے رگ و پے میں

جیسے اتر گئی۔

"جب میں کیمرج میں تھی — ینگ ایج تھی — بہت پرپوزلز تھے — آفرز تھیں — اس وقت — سبین میرے اوپر اتنی پابندیاں تھیں کہ بتا نہیں سکتی — بس میری زندگی کا دائرہ گھر سے یونیورسٹی اور یونیورسٹی سے گھر تک محدود تھا — نہ میں کہیں جا سکتی تھی — نہ کسی کو بلا سکتی تھی — کیونکہ وہ آزاد سوسائٹی تھی — وہاں لڑکیاں جلد خراب ہو جاتی تھیں۔ اگر وہاں تعلیم حدود میں رکھ کر نہ دی جائے — تو۔ اس کے نتائج بڑے نکلیں — شاید کسی ILLEGAL بچے کی ماں کی صورت میں — — یہ مما اور ڈیڈ کا کہنا تھا — اور پھر سبین مجھ پر وہ وقت بھی آیا کہ پاکستان ہندوستان سے آنے جانے والے ڈیڈ کے دوستوں کے لڑکوں کو گھر پر انوائیٹ کیا جاتا — عجیب عجیب طرح کے فضول لڑکے — اور انہیں بڑا WARM WELCOME ملتا — پھر مجھے حکم ملتا کہ ان فضول لوگوں کو شہر گھماؤں — پکنک پر لے جاؤں — یہاں لے جاؤں وہاں لے جاؤں — اور — میں — کٹھ پتلی کی طرح اپنے ماں باپ کے اشارے پر ناچتی رہی — کلبوں میں، ہوٹلوں میں — ڈانس پارٹیوں میں — اور یہ سب میرے ساتھ گھومتے رہے — کبھی پلٹ کر نہ آنے کے لئے — تم خود فیصلہ کرو سبین کہ میں کب تک ان بے غیرت بے حس لوگوں کی دل داری کرتی۔

کب تک یہ تماشے برداشت کرتی — کب تک ہر نئے آنے والے پر جھوٹی دل داریوں کے جال پھینکتی — کیا میرے اندر کوئی حس نہیں تھی؟ — کیا میں صرف اور صرف پتھر کی ایک ٹھنڈی مورت تھی؟ — جس کے پیاسے لبوں پر یہ لوگ اپنے گرم بوسوں کے جھوٹ چھوڑ جاتے — قسم کھا کر کہتی ہوں کہ۔۔۔ کہ۔۔۔ میں اپنے آپ کو کال گرل سمجھنے لگی تھی — بلکہ اس سے بھی کوئی بدتر چیز ..... وہ تو

پھر اچھی ہوتی ہے کہ کچھ پا تو لیتی ہے مگر . . . . مم . . . . مم . . . . میں"۔ اور زینب پھوٹ پھوٹ کر رو پڑی — خدا جانے کتنے برسوں کی اذیت آج اس کی آنکھوں سے کرب بن کر بہہ رہی تھی — وہ سسک رہی تھی اور میں بے حس خاموش — سوچ سمجھ سے بالکل عاری بیٹھی خالی خالی آنکھوں سے اسے دیکھ رہی تھی۔

"یہ لوگ . . . . . یہ لوگ . . . . . مجھے تنہائی کی موت مار دیں گے . . . . . میں سچ کہتی ہوں سبین میں بہت تھک چکی ہوں — مجھ میں اب چلنے کی سکت نہیں . . . . . . مجھے اب کسی سہارے کی ضرورت ہے — اب مجھے پتہ چل رہا ہے کہ لوگ موت کیوں مانگتے ہیں ؟ — کیوں خودکشی کرتے ہیں ؟ — اس عذاب سے وہ عذاب یقیناً ہلکا ہوگا — کبھی تو معافی ملے گی —" جب وہ روتے روتے رکی تو پھر بولنے لگی تھی۔ میں اب بھی دم بخود تھی — یوں لگ رہا تھا میرا دل کسی نے مٹھی میں جکڑ لیا ہو۔

"تمہیں پتہ ہے ہمارا یہ گھر جو سنگ مرمر کا بنا ہے — جس کی صحیح قیمت کا میں خود بھی اندازہ نہیں کر سکتی — لق و دق سجے سجائے کمرے . . . . . درحقیقت یہ گھر نہیں سنسان مقبرہ ہے — جہاں کوئی انسان فاتحہ پڑھنے نہیں آتا — کوئی چراغ جلانے نہیں آتا — اس کے . . . . در و دیوار پر میری راتوں کی . . . . میری بے بس نائی تنہائیوں کی کربناک چیخیں لپٹی ہوئی ہیں . . . . . مگر . . . . . مگر . . . انہیں . . . . . کوئی سننے والا بھی نہیں !" — اس کی درد میں ڈوبی آواز ایکدم رک گئی اور میں جیسے گہری نیند سے چونک اٹھی — کافی دیر تک کمرے میں سناٹا چھایا رہا — ہیٹر جلنے کی ہلکی سی بھر بھر کی آواز جیسے کانوں کو پھاڑے ڈال رہی تھی — بہت سوچنے کے بعد اپنے حواس مجتمع کئے۔

"تمہاری ہر بات اپنی جگہ درست — مگر زینب تم خود سوچو — تم ایک

سمجھ دار لکھی پڑھی لڑکی ہو۔۔۔ یہ بھی نہیں کہ ہمیشہ گھر میں بند رہتی ہو ـــــ لوگوں کو بھی پہچانتی ہو ـــــ تم چاہتیں تو اپنے حالات سدھار سکتی تھیں ـــــ مگر ـ تم نے تو خود کو الجھا دیا ہے۔ خوامخواہ اپنی ذات سے ہمدردی کیا کرتی ہو ـــــ اور انسان کی تباہی کا بھی لمحہ ہوتا ہے جب وہ اپنی ذات پر رحم کھانا شروع کر دے ــــ میں نے بہت ہمت کر کے نرم لہجے میں سمجھایا۔

''میں نے سبین بہت کوشش کی ـ مگر مجھے کوئی بھی سپورٹ نہ تھی اور مم ڈیڈ کے خود ساختہ گمراہیت ناک اصولوں نے، ان کی بے جا حماقتوں نے سب کچھ ختم کر ڈالا ـــــ رازی کو ان لوگوں نے جانے کیا کر دیا ہے کہ وہ بھی صرف اپنی ذات سے دلچسپی رکھتا ہے اور بس!'' ـــــ وہ ٹشو پیپر سے ناک صاف کرتے ہوئے بولی۔ میں اب بھی خاموش تھی۔

''میرا خیال ہے اب تم سو جاؤ ـــــ چار بجنے والے ہیں!'' اس نے گھڑی دیکھتے ہوئے کہا اور ایکدم ہی بستر پر دراز ہو گئی ـــــ میں نے ہاتھ بڑھا کر لیمپ بجھا دیا۔ ـــــ اور اس گھور اندھیرے میں اچانک مجھے محسوس ہوا جیسے میں کسی مقبرے میں ٹھنڈی زمین پر پڑی ہوں اور ہر طرف سفید دیواروں سے لپٹی تنہائی کی مہیب چیخیں میرے اردگرد بھوتوں کی طرح ناچ رہی ہیں ـــــ کراہ رہی ہیں ـــــ اور اس دہشت میں لپٹے ہوئے نہ جانے کس وقت میری آنکھ لگ گئی۔

سیمینار کا آخری دن تھا ـــــ لنچ بریک تک ہم سب اس قدر تھک چکے تھے کہ ایک دوسرے کی شکلوں تک سے بیزاری ہونے لگی تھی۔

''میڈم ـــ آپ کا فون ہے!'' ـ میں ایک طرف خاموشی سے کھانا کھانے میں مصروف تھی کہ ویٹر نے آ کر اطلاع دی ـــــ اور میں پلیٹ رکھ کر فون سننے چلی گئی۔ دوسری طرف زینب تھی۔

''سبین ـــ پلیز تم کچھ دیر کو میرے آفس آ سکتی ہو؟'' ـــــ اس کی ڈوبتی

ابھرتی آواز سے میں پریشان ہوگئی۔

"خیریت تو ہے ؟"— میں نے پوچھا۔

"بس تم آجاؤ ! — میرا آفس تو دیکھا ہے نا ! — تمہارے ہوٹل سے تھوڑی ہی دور ہے !"— اس نے اصرار کیا۔

"تم انتظار کرو — میں آتی ہوں !" — گھڑی دیکھتے ہوئے میں نے کہا اور فون بند کرکے تیزی سے پلٹی۔

"ارے کہاں جا رہی ہو اتنی تیزی سے ؟" میرے کولیگ اکرم کی آواز نے میرے قدم روک لئے۔

"اکرم — میں جلدی میں ہوں کیا تھوڑی دیر کو اپنی گاڑی دے سکتے ہو !" اسے دیکھ کر اچانک ہی خیال آیا۔

"ہاں ! ہاں ! یہ لو — مگر بات کیا ہے ؟"— اس نے گاڑی کی چابی مجھے تھماتے ہوئے کہا۔

"ابھی واپسی پر بتاؤں گی !"— میں نے تیزی سے باہر جاتے ہوئے کہا۔

میں نے گاڑی زینب کے دفتر کے سامنے دھیمے کی — وہ باہر ہی ایک گھنے درخت کے نیچے کھڑی ادھر اُدھر دیکھ رہی تھی — ہلکے کاسنی رنگ کے فراک نما لباس، اسی رنگ کے پاجامے میں ملبوس بیل والی جوتی جس پہ پازیب جھانک رہی تھی — گلے میں بڑا موٹا سا بلوچی طرز کا ہار وہ بے چینی سے گھمائے جا رہی تھی — مجھ پر نظر پڑتے ہی وہ لپکی اور تیزی سے دروازہ کھول کر بیٹھ گئی۔

"پلیز سبین — مجھے کہیں لے چلو — میں — بہت پریشان ہوں !" اس نے دروازہ زور سے بند کرتے ہوئے کہا۔ میں نے غور سے اس کا چہرہ دیکھا— عجیب اجاڑ ہو رہا تھا — آنکھوں میں آنسوؤں کی دھند چھائی ہوئی تھی — ناک شاید

رونے کی وجہ سے سُرخ ہو رہی تھی ــــ اور نظروں میں ایک عجیب وحشت ناک سکوت تھا۔

"کیا بات ہے! ـــ کوئی سیریس معاملہ؟" تھوڑی دور جاکر میں نے پوچھا۔

"یونو ـــ سیبنؔ آج آندرایا نے مجھے منع کر دیا ہے!" ـــ اس نے میرے ہاتھوں پر اپنا دبلا پتلا انگوٹھیوں اور چوڑیوں سے بھرا ہاتھ رکھتے ہوئے کہا۔

"کیا منع کر دیا ہے؟" ـــ میں نے گاڑی کی رفتار کم کرتے ہوئے کچھ حیرت سے پوچھا۔

"پیار کرنے سے!" وہ حیران آنکھوں سے میری طرف دیکھتے ہوئے بولی۔

"تم .... زینب پاگل ہو ـــ بالکل ایب نارمل ـــ کیا ضرورت تھی اُس حرامزادے سے کہنے کی!؟" میں غصہ سے کھول گئی۔

"نہیں ـــ تم سمجھیں نہیں ـــ اصل میں ..... اس کی بے تاثر آواز رک گئی۔

"کیا اصل میں؟" ـــ میں نے تیز لہجے میں پوچھا۔

"میں روز صبح اسے KISS کرتی تھی ـــ اور وہ بھی مائنڈ نہیں کرتا تھا ـــ مگر آج جانے کیا ہوا کہنے لگا مجھے یہ سب پسند نہیں" ـــ وہ تو بس تکلفاً ہی اپنا گال آگے کر دیا کرتا تھا ـــ مگر میں جانتی ہوں یہ سب کیوں ہوا ہے ـــ جب سے اس کی نئی برٹش اسسٹنٹ آئی ہے تب سے اور ..... اور میرا پاؤں پوری قوت سے بریک پر پڑا گاڑی ایک جھٹکے سے رک گئی۔

"زینب! ـــ جی چاہتا ہے کہ تمہارا گلا دبا دوں!" میں دھاڑی ـــ غصہ میں میرے منہ سے اور کچھ نہ نکلا۔

"دیکھو نا ـــ کسی عورت کے لئے شاید دنیا کی سب سے بڑی ذلت یہی ہے کہ کوئی مرد ـــ اس کا پسندیدہ مرد ـــ اسے پیار کرنے سے روک دے!" ـــ

اس نے میری بات کا کوئی ردعمل ظاہر کئے بغیر بے تاثر لہجہ میں کہا اور میری سمجھ میں نہیں آرہا تھا کہ محور سے ہٹی اس لڑکی کو کس طرح اس کے مقام پہ لاؤں —— وہ جانے کیا اناپ شناپ بولتی رہی اور میں گنگ بیٹھی غصہ میں کھولتی رہی یہ بھی اچھا ہی ہوا اس طرح زینب کا غبار نکل گیا تھا۔

"میرے خیال میں اب مجھے آفس چھوڑ دو اور اپنے سیمینار میں جاؤ!" وہ جب بالکل نارمل ہو چکی تو بولی —— میں نے ایک نظر اسے دیکھا اور گاڑی چلا دی۔

فلائٹ جانے میں خاصی دیر تھی —— میں رازی اور زینب تینوں ہوائی اڈے کے لاؤنج میں بیٹھے باتوں میں مصروف تھے۔

"سبین! کل اخبار میں تمہارے پیپر کے بارے میں کمنٹس پڑھے —— اچھا پیپر پریزنٹ کیا تھا تم نے!" —— رازی نے کہا۔

"ہاں —— مگر تم تو آئے نہیں تھے!" —— میں نے شکوہ کیا۔

"آئی ایم ساری سبین —— وہ آفس میں ایک ڈیلی گیشن آیا ہوا تھا اس کی وجہ سے دیر ہو گئی تھی!" —— اس کے لہجہ میں شرمندگی تھی۔

"اچھا خیر یہ تو کوئی ایسی بات نہیں —— مگر رازی اب جلد تمہاری شادی کے کارڈ کی منتظر رہوں گی —— اور اس کے لئے کوئی معذرت نہیں چلے گی!" میں نے مسکرا کر کہا۔ OH! IT IS IMPOSSIBLE FOR ME NOW

وہ زور سے ہنس کر بولا:

"نہیں —— دنیا میں کوئی چیز ناممکن نہیں ہوتی!" —— میں بولی۔

"اوہ ڈیم نپولین ایک لفظ چھوڑ گیا اور دنیا اس کے پیچھے لگ گئی —— مگر جہاں ممکن ہے وہاں ناممکنات بھی ہیں —— دنیا یہ بھول گئی!" —— رازی نے منہ بنا کر کہا۔

"تو زینب کی شادی کر دو —— تمہارے گھر کا جمود کچھ تو ٹوٹے گا!" ——

میں نے مشورہ دیا۔

" جینی کے لئے تو اتنے پرو پوزلز آتے ہیں یہ خود ہی انکار کردیتی ہے —— پوچھ لو تمہارے ساتھ ہی تو بیٹھی ہے!" رازی نے بہن کی طرف اشارہ کیا۔

" ہاں کردیتی ہوں! —— مگر کیوں ؟؟ —— کبھی تم لوگوں نے سوچا ہے! —— تم رازی میرے بڑے بھائی ہو مگر —— مگر —— آج تک میرا کوئی پرابلم ڈسکس کیا ہے؟ —— میری ممی ہیں —— مگر انہیں اپنی مصروفیات اور سوشل وزٹس سے ہی فرصت نہیں کہ میری طرف آنکھ اٹھاکر دیکھیں —— میرے باپ ہیں —— مگر وہ اس چیز سے قطعی بے نیاز ہیں کہ ان کے بے تحاشا بڑے پتھر کے گھر میں ایک جیتی جاگتی زندہ لڑکی بھی سانس لے رہی ہے —— ان کا بس ایک ہی شوق تھا کہ بیٹی کو باہر پڑھائیں —— بیٹی کا کیا شوق ہے؟ اس کی کیا ضروریات ہیں انہیں نہیں معلوم —— وہ اپنی ہی دنیا میں مگن ہیں —— تم سب بے حس خود غرض لوگ ہو ...... اور ......

" سب پر الزام لگانے سے بہتر ہے کہ تم خود کو دیکھو —— تمہارا کیا رویہ ہے سب کے ساتھ؟ —— تم نے کب مم ڈیڈ کی بات مانی ہے؟ —— کب میری بات سنی ہے؟ —— رازی نے نرم لہجے میں اس کی بات کاٹتے ہوئے کہا۔ میں زینب کی دماغی کیفیت کو بھانپ چکی تھی اسے لے کر ایک طرف کرسی پر بیٹھ گئی۔ رازی چائے کے کاؤنٹر کی طرف چلا گیا۔

" سنو سبین —— میرے آفس میں ایک PEON ہے —— وہ بتا رہا تھا کہ پنڈی سے کچھ دور ایک جگہ ایک باباجی رہتے ہیں —— بڑی کرامت والے ہیں —— وہ کام کے پیسے تو بہت لیتے ہیں لیکن کام کردیتے ہیں ایک روز میں PEON کو لے کر وہاں جاؤں گی " —— اچانک ہی اس نے کہا اور میں حیران رہ گئی۔

" پاگل ہوگئی ہو! —— یہ سب کیا کررہی ہو؟ —— خدا کے لئے کچھ ہوش کرو!" ——

میری آنکھیں واقعی بھیگ گئی تھیں۔

"مم ..... میں ... کیا کروں؟ ـــــ آفس میں سب ہی کو اس بات کا پتہ ہے ـــ میں نے فیصلہ کر لیا ہے کہ ضرور باباجی کے پاس جاؤں گی اور اپنے محبوب کو ان سے مانگ لوں گی!" اس کے لہجہ میں عجیب دردآمیز خالی پن تھا۔

"خدا کے لئے زینب ایسی بہکی بہکی باتیں مت کرو ـــــ یہ بابے قسم کے لوگ کسی کے لئے کچھ نہیں کر سکتے ـــ خدا سے مانگو ـــ اپنے آپ کو سنبھالو ـــ عقل سے کام لو ـــــ کیا ہو گیا ہے تم کو؟؟" ـــــ میں نے اسے جھنجوڑ ڈالا ـــ مگر وہ کچھ نہیں بولی بس ایک جامد مسکراہٹ اس کے خشک پیاسے ہونٹوں پر کپکپاتی رہی۔

"تم کو پتہ ہے رازی کیوں نہیں شادی کرتا؟ اسے بھی میرے ماں باپ نے ان حالوں کو پہنچایا ہے ـــــ وہ جو بھی لڑکی پسند کرتا مم فوراً اس میں عیب نکال دیتیں ڈیڈ اس کے باپ کا STATUS دیکھنے لگتے ـــــ اور اب مم رازی کو ہر وقت طعنے دیا کرتی ہیں کہ تم سے کون شادی کرے گا ـــــ بال تمہارے اڑنے لگے ہیں ـــــ فریکلز تمہارے آگئے ہیں ـــــ کبھی کچھ اعتراض کبھی کوئی بات ـــــ مم ہم دونوں کو الزام دیتی ہیں کہ ہم شادی نہیں کرتے ـــــ میں سچ کہتی ہوں سبین، میں تم کو وہ الفاظ بتا نہیں سکتی جو وہ ہر دوسرے تیسرے دن مجھ سے کہتی ہیں یہ بات ہماری آج تک سمجھ میں نہیں آتی کہ وہ ہم سے کس بات کا بدلہ لے رہی ہیں ـــ کیسی ماں ہیں جنہیں اولاد کے دکھ کا احساس تک نہیں ہے ـــــ ہم نے تو کبھی ان کی حکم عدولی نہیں کی ـــ ان لوگوں نے جیسا چاہا ہم نے کیا ـــــ کیا فرماں برداری کا یہی انعام ہوتا ہے؟ ـــ ہم دونوں نے ہمیشہ اپنا دل مار کر ـــــ اپنی خواہشات کو کچل کر مم اور ڈیڈ کی بات مانی مگر..

.... مگر ... .. اور وہ مجھ سے لپٹ کر پھوٹ پھوٹ کر رونے لگی۔

میں آنکھیں موندے سیٹ کی پشت سے ٹیک لگائے بیٹھی تھی ـــ

جہاز کی اڑان بہت ہموار تھی اور میرا ذہن بے حد ناہموار ـــــ پچھلے سات دنوں کا ایک ایک لمحہ میری نظروں کے سامنے گھوم رہا تھا ـــــ رو رہا تھا ـــــ فریاد کر رہا تھا ـــــ اور میں بے بس تھی سب کچھ جانتے ہوئے بھی ـــــ چاہتے ہوئے بھی کچھ نہیں کر سکتی تھی ـــــ زمین سے اُکھڑا ہوا پودا نہ صرف مرجھا رہا تھا بلکہ اس کی رگ رگ شکست و ریخت کا شکار ہو چکی تھی ـــــ اس پودے کو اب نہ زمین قبول کر رہی تھی اور نہ اس کی شفیق آب و ہوا ـــــ اس میں زندگی کی کوئی رمق پیدا کر پا رہی تھی ـــــ میں کچھ کرنا چاہ رہی تھی مگر ـــــ باوجود کوشش کے نہیں کر سکتی تھی ـــــ یہ میں جانتی تھی ـــــ !!!

اسلام آباد ۱۹۸۵ء

شکست

ہم سب کی نظروں میں اس کے لئے مختلف تاثرات تھے۔ حسد، حیرت، خوشی ——
اور وہ بڑے اطمینان سے پوری کتھا سنانے کے بعد شاید ہم سب کے ریمارکس کا انتظار کر رہی
تھی —— شہر یار نے تو باقاعدہ اپنی بے سری آواز میں بابل گانا شروع کر دیا تھا ——

"میرے خیال میں تو دوسری شادی کرنا کوئی برائی نہیں جبکہ شادیوں کا اتنا
مسئلہ بھی ہے !" —— سماجیات کی طالبہ نوری رومال سے اپنے گال تھپتھپاتے ہوئے بولی۔

"ہاں —— کوئی برائی نہیں —— ایک عدد بیوی، چار جوان ہوتے بچے ——
اور اس پر یہ چونچلے !" —— روشی کھلکھلائی۔

" اُلو کی پٹھی !" —— اب بس بھی کر —— آخر کو اتنا عاشک لوگ تمہارا ہے ——
بندھ جا کسی کے ساتھ !" —— زرینہ بلوچ نے سوچ سمجھ کر بڑے پیار سے اسے راہ دکھائی۔

"ہاں اور کیا ! —— زرینہ ٹھیک کہہ رہی ہے بھئی اگر ایک آدمی دو بیویاں افورڈ
کر سکتا ہے تو کیا برائی !" —— شہوار بولی۔

"مگر یار —— اس طرح یعنی یہ بٹا ہوا مرد کس طرح یہ افورڈ کر سکے گی !" —— جہاں آرا،
جو بڑی دیر سے خاموش تھی بول اٹھی۔

" تم کیا کہتی ہو ؟" —— وہ میری طرف پلٹی۔

"میں وہی کہوں گی —— جو تم سوچ رہی ہو !" میں نے مسکرا کر کہا اور وہ

خاموش ہوگئی۔

"مگر یار ——— یہ سر رفیق کو کیا سوجھی ؟ ؟"— آنرز کی عصمت نے حیرت سے کہا۔

"وہی ——— جو ہر مرد کو ایک چھٹک مٹک فارغ لڑکی کو دیکھ کر سوجھتی ہے !"— روشنی زور سے ہنسی۔

"تمہاری یہی تو کمینگی ہے۔ کیا ضرورت ہے ہر ایک سے مسکرا مسکرا کر بات کرنے کی آخر" سر" لوگ فرشتے تو نہیں ہوتے !"— عصمت غرائی۔

"ارے واہ !— تو کیا اب میں ہر ایک سے منہ ٹیڑھا کر کے ملوں ؟ یہ کیا بات ہوئی کہ آدمی اپنے اخلاق کا مظاہرہ بھی نہ کر سکے !"— روشنی منہ بنا کر بولی۔

"اچھا چھوڑو !— تمہارے تو یہ یکطرفہ معاشقے چلتے ہی رہیں گے ——— میری تو کلاس کا وقت ہوگیا ہے !"——— میں کہتی ہوئی کھڑی ہوگئی اور سب لڑکیاں اپنے اپنے شعبوں کی طرف چل دیں۔

میں اور روشنی کلاس فیلوز تھے ——— فرسٹ ایئر سے ایم اے تک ——— یونیورسٹی سے نکلی تو میری بارات تیار کھڑی تھی ——— روشنی کے والد کا تبادلہ کسی اور شہر ہوگیا۔ خط فون کبھی کبھی کبھار کی ملاقات اور بس— یوں سات طویل برس ایکدم سے گزر گئے۔

اس روز شام میں، میں اپنے دونوں بچوں کو لئے پڑھا رہی تھی کہ ایک شور ہنگامے سے چونک اٹھی۔ تیز تیز آواز گھر کے اندر داخل ہو چکی تھی ——— یہ روشنی تھی !

"ارے !— تم تو باقاعدہ اماں بن گئی ہو !— وہ مجھ سے لپٹ گئی — وہی عادتیں، وہی اطوار — سات برسوں نے ظالم پر ذرا بھی تو اثر نہیں ڈالا تھا اور میں واقعی اماں بن گئی تھی۔

"اور تیرا یار کہاں ہے ؟"— وہ ایک آنکھ دبا کر مسکرائی۔

"بے ہودگی مت کرو، بچے پریشان ہو رہے ہیں ـــــ میں نے سرگوشی میں آنکھیں پھاڑے، بچوں کی طرف اشارہ کرتے ہوئے کہا۔

" ارے میری جانوں! ـــــ یہ تمہاری اماں جو ہیں ناں ـــــ پکی حرافہ ہیں۔ بڑے معرکے کا عشق چلایا تھا اور جب ...."روشی!" میں چیخ پڑی ـــــ وہ دونوں بچوں کو بانہوں میں بھرے جو کہانی سنا رہی تھی ـــــ میری چیخ سے نامکمل رہ گئی اور وہ بے ساختہ ہنس پڑی۔

" پکی منافق ہو یار ـــ اماں باولے تو ڈری نہیں، بچوں سے مات کھا گئیں!" ـــــ روشی صوفے پر ڈھیر ہوتے ہوئے بولی۔

" ارے! ـــ روشی زندہ باد! ـــ کہاں سے اتنے برسوں بعد ٹپک پڑیں؟؟" سلیم لاؤنج میں داخل ہوتے ہوئے بولے۔

" اوہ! ـــ آگیا تیرا یار!" ـ اس نے آہستہ سے کہا اور سلیم کی طرف لپکی۔

سلیم نے نہایت بزرگانہ انداز میں اس کے سر پر ہاتھ پھیرا ـــــ وہ ہنس پڑی

تم کیسے ہو والد محترم! ـــــ اس نے پوچھا:

" بس دیکھو بیٹی کی پیدائش کے بعد تمام لڑکیاں بیٹیاں لگنے لگی ہیں!" ـــــ سلیم ایک طرف بیٹھتے ہوئے بولے۔

" یہ خطرناک بات ہے ـــــ ابھی تمہاری عمر ہی کیا ہے جو جوانی کو بزرگی میں ڈھال لیا!" ـــــ روشی مسکراتے ہوئے بولی۔

" مجھے خود حیرت ہوتی ہے ـــــ یہ بیٹیاں واقعی بڑی ظالم چیز ہوتی ہیں!" وہ پیار بھری نظروں سے میری طرف دیکھتے ہوئے بولا۔

" ارے ـــــ یہ جو اتنی ممتا بھری نظروں سے دیکھ رہے ہو، کیا اسے بھی بیٹی سمجھنے لگے ہو!" ـــــ روشی نے زوردار قہقہہ لگاتے ہوئے کہا۔ اور ہم دونوں بھی ہنس پڑے۔

"بھئی اسی کی وجہ سے تو آج یہ مقدس جذبہ میرے اندر پیدا ہوا ہے!" ——— سلیم مسکراتے ہوئے بولے۔

رات کھانے کے بعد ہم تینوں گھر کے مختصر سے باغیچہ میں بیٹھے باتیں کر رہے تھے گفتگو کا موضوع روشی ہی تھی۔

"روشی ——— میرے خیال میں اب تم شادی کر ڈالو!" ——— سلیم بولا۔

"ہاں سلیم ——— اسی لئے یہاں آئی ہوں!" ——— اس کا جواب سن کر ہم دونوں خوشی سے چیخ پڑے۔

"دوبارہ زندہ باد!" ——— سلیم نے نعرہ مارا۔

"تم آئی ہو تو لگتا ہے زندگی آٹھ نو برس پہلے کیمپس میں چلی گئی ہے!" ——— سلیم ہنسے۔

"اچھا بھئی اب میرا خیال ہے چلوں!" ——— روشی گھڑی دیکھتے ہوئے بولی۔

"ارے اُلو کی پٹھی ——— نہ اتہ بتایا اپنے عاشک کا نہ پتہ آکھر تم کو اتنی جلدی کیوں ہے؟" ——— میں نے زرینہ بلوچ کی نقل اتاری۔

"ارے ہاں ——— وہ آجکل ہے کہاں؟ ——— سنا تھا کہ کسی چوہدری کے بیٹے سے شادی ہو گئی!" ——— روشی نے پوچھا۔

"ہاں ——— کافی ہنگاموں کے بعد شادی ہوئی ——— اس کے سارے خاندان والے توپ بندوقیں لے کر نکل آتے تھے ——— مگر بڑی دلیر لڑکی ہے ——— اس نے STAND لیا ——— اور آخر کار بڑی دھوم دھام سے یہ شادی ہوئی ——— آجکل ملتان میں ہے اکثر فون وغیرہ آتے رہتے ہیں ——— کبھی کبھار میاں کے ساتھ خود بھی آجاتی ہے!" میں نے تفصیل بتلاتے ہوئے کہا۔

ہوں ——— اور وہ ..... " اچھا بکواس بند ——— پہلے یہ بتاؤ کہاں شادی

کر رہی ہو ـــــ کس سے کر رہی ہو ؟" ـــــ میں نے بے تابی سے پوچھا۔

" ویسے یار ہوگا خوش قسمت جس کے پلّے بندھوگی !" ـــــ سلیم بولا۔

"پتہ نہیں یار ! ـــــ وہ خوش نصیب ہوگا یا میں !" ـــــ روشی ایکدم سنجیدہ ہوگئی۔

میں نے جلدی جلدی اس کے تمام عشاق کے نام گنوا ڈالے ـــــ وہ خاموش بیٹھی سنتی رہی۔

" ان میں کوئی نہیں !" ـــــ اس نے کہا۔

" پھر ؟ ؟" ـــــ میں اس کا منہ دیکھنے لگی۔

" بات یہ ہے فرزانہ یہ جتنے لوگوں کے تم نے نام گنوائے نا ـــــ یہ سب ـــــ بس یونہی تفریح چاہتے تھے ـــــ وقت گزاری ایک اور عورت سے تعلق ـــــ اور بس ! ـــــ جب یہ نہ ہو سکا تو ـــــ تمہیں معلوم ہی ہے کہ ایک ایک کر کے سب الگ ہو گئے ـــــ ! وہ میری طرف دیکھتے ہوئے بولی۔

" مگر روشی میرے ساتھ کے کتنے لڑکے تمہارے خواہش مند تھے !" ـــــ سلیم کے لہجہ میں کچھ حیرت تھی۔

" ہاں تھے ـــــ مگر صرف کہنے کی حد تک !" ـــــ وہ بولی۔

" تو پھر تم وہی کر رہی ہو جس کی شدید مخالفت کرتی تھیں ـــــ یعنی اماں باوا کی پسند سے ؟" ـــــ میں نے پوچھا۔

" پسند تو صرف میری ہے ـــــ اماں باوا نے تو بہت روکنے کی کوشش کی !" ـــــ اور اس کی بات پر ہم دونوں چونک اٹھے۔

"کون ہے ؟ ؟" ـــــ سلیم نے پوچھا۔

" سلطان کو جانتے ہو ؟ ؟" ـــــ اس نے پوچھا۔

" سلطان ـــــ سلیم کچھ لمحے سوچتا رہا۔

"کہیں وہ تو نہیں جو فزکس میں پڑھتا تھا ــــ اکثر لائبریری میں ملتا تھا ــــ اور جو ایک حادثے میں معذور ہو گیا تھا !" ــــ سلیم کی آواز میں بے یقینی تھی۔

"ہاں وہی !" ــــ وہ بولی

"مگر روشی ــــ اس سے تو کوئی ایسا خاص تعلق بھی نہ تھا !" ــــ سلیم رک گئے۔

"ہاں تعلق تو نہیں تھا ــــ مگر پھر بھی ہمارا دوست رہا ہے ــــ پھر برائی کیا ہے اس میں ؟ ؟" ــــ روشی نے سلیم کی طرف دیکھتے ہوئے پوچھا۔

"بات برائی یا اچھائی کی نہیں ہے ــــ تم خود سوچو کہ وہ پیروں سے معذور ہے اور !" ــــ سلیم رک گئے۔

"اور سروس بھی معمولی ہے کیوں ؟ ؟" ــــ روشی نے جملہ مکمل کر دیا۔

"ہاں ! ــــ روشی ذرا پریکٹیکل ہو کر سوچو !" ــــ سلیم نے سمجھانا چاہا۔

"یہ کوئی جذباتی سوچ نہیں ہے بلکہ میں نے کافی عرصہ سوچنے کے بعد یہ فیصلہ کیا ہے !" ــــ اور یہ شادی میری مرضی سے ہو رہی ہے۔ سلطان بے چارے کو تو ابھی تک یقین نہیں آتا ! ــــ یہ کہہ کر وہ کھڑی ہو گئی۔

میں اور سلیم کافی رات تک روشی کے کردار کے اس انوکھے پہلو پر حیرت کرتے رہے، اسے داد دیتے رہے۔ ایسی لڑکی جو عیش و عشرت میں پلی ہو جس نے زندگی میں کسی مسئلہ کا سامنا نہیں کیا۔ اچانک کس طرح اتنا بڑا فیصلہ کر لیا !

شادی کے بعد وہ مستقلاً کراچی آ گئی۔ اکثر ہمارا ایک دوسرے کے گھر آنا جانا رہتا۔ سلطان اپنے گھر کا کفیل بھی تھا اور سب سے بڑا بیٹا بھی ــــ اس کی ماں تو بات بعد میں کرتیں روشی کو پہلے دعائیں دیتیں۔

"یار سلطان ایسا پیارا آدمی ہے کہ بتا نہیں سکتی ــــ باوجود معذوری کے اس میں کسی قسم کا کمپلیکس، کوئی کمتری کا احساس نہیں ہے ــــ جس طرح میں پہلی عورت

اس کی زندگی میں آئی ہوں، مجھے لگتا ہے کہ وہ پہلا مرد ہے جو میری زندگی میں اتنے بھرپور طریقے سے آیا ہے!۔۔۔ روشی اکثر سلطان کے بارے میں اس قسم کی محبت آمیز باتیں کرتی۔ شروع شروع میں ہم سب کو یہ جوڑا بڑا عجیب لگتا تھا مگر اب یوں محسوس ہوتا گویا دونوں ایک دوسرے کے لئے بنائے گئے ہیں، سلطان نے نوکری چھوڑ کر ایک رسالہ نکال لیا تھا اور دونوں میاں بیوی دن رات اسی میں لگے رہتے۔

"روشی!"۔۔۔ ایک رات کتاب پڑھتے پڑھتے اچانک سلطان نے پکارا۔

"کہو جانِ روشی!"۔۔۔ وہ اس کی طرف کروٹ لیتے ہوئے بولی۔

"ایک بات سوچ رہا ہوں!۔۔۔ وہ روشی کے چہرے کو دیکھتے ہوئے بولا، جہاں تھکن کے آثار تھے۔

"ہوں۔۔۔ بولو!"۔۔۔ وہ مسکرائی۔

"سوچتا ہوں کہ کیسا شوہر ہوں جو تمہیں ایک لمحہ کو وہ سکھ، وہ آرام نہیں دے سکا جو بیویوں کا حق ہوتا ہے!"۔۔۔ وہ خاموش ہو گیا۔

"سلطان ایسی باتیں نہ کرو۔۔۔ ہمارے درمیان اس گفتگو کے علاوہ ہر قسم کی بات جائز ہے!"۔۔۔ روشی سلطان کے سینے پر سر رکھتے ہوئے بولی۔ وہ خاموشی سے اس کے بالوں میں ہاتھ پھیرتا رہا۔

"روشی!"۔۔۔ کافی دیر بعد اس نے پھر پکارا۔

"ہوں، اب کیا ہوا!"۔۔۔ اس کی غنودہ آواز ابھری۔

"پچھلے چار پانچ برسوں سے ہم اس رسالے کے لئے کام کر رہے ہیں۔۔۔ خدا کا شکر ہے کہ پیسہ بھی کافی جمع ہو چکا ہے۔ اب میں باہر علاج کے لئے جا سکتا ہوں!"۔۔۔ سلطان کی آواز ابھری۔۔۔ اور روشی کو جیسے کسی نے بجلی کا جھٹکا دے دیا۔۔۔ ہیں؟؟ ہاں۔۔۔ ہاں سلطان۔۔۔ ارے یہ تو مجھے کبھی خیال ہی نہیں آیا۔۔۔ کمال ہے۔۔۔

یعنی یہ بات تو میں بھول ہی چکی تھی ـــــ" وہ اٹھ کر بیٹھ گئی۔ سلطان نہ اس کے لہجے کو پاسکا اور نہ ہی اس کی اضطراری کیفیت کو جان سکا۔

"بس ٹھیک ہے۔ کل ہی سے انتظام شروع !ـــ یہ کہہ کر اس نے لیمپ بجھا دیا اور اندھیرے میں گم ہوگئی ـــ دو تین بار سلطان نے اسے آواز دی مگر اسے سوتا دیکھ کر خود بھی سوگیا۔

"یہ بہت اچھی خبر ہے ـــ کب جا رہے ہو تم لوگ ؟"ـــ ایک روز میں اور سلیم ان کے گھر گئے تو معلوم ہوا کہ سلطان علاج کے لئے کہیں باہر جا رہا ہے۔

"یہ تو روشی بیگم ہی جانتی ہیں ـــ!" سلطان نے پیار بھری نظروں سے اسے دیکھتے ہوئے کہا جو چائے بنانے میں مشغول تھی

"بھئی "ہم لوگ" نہیں صرف سلطان"ـــ اگر دونوں چلے گئے تو رسالے کا بیڑہ غرق ـــ روشی میری طرف چائے بڑھاتی ہوئی کھلکھلائی۔

"بھائی جان نے ہسپتال میں ان کا بندوبست کر دیا ہے۔ بس ایک آدھ مہینہ میں یہ روانہ ہو جائیں گے !"ـــ وہ بولی۔

"اور پھر ـــ میں روشی کے قدم سے قدم ملا کر چلوں گا !"ـــ سلطان کے لہجہ میں خوشی ہی خوشی تھی۔

"کب تک جا رہے ہیں سلطان ؟"ـــ کوئی تین ہفتے بعد میں نے روشی کو فون کر کے پوچھا۔

"پتہ نہیں ـــ کچھ گڑبڑ ہو گئی ہے ! ـــ شاید اگلے ماہ کے آخر تک کچھ ہو !"ـــ روشی نے بتایا۔

"کیسی گڑبڑ ؟"ـــ میں نے پوچھا۔

"این اوسی کا چکر ہے۔ گورنمنٹ اجازت نہیں دے رہی ہے !"ـــ اس نے کہا۔

"کمال ہے ـــــ ایسی بھی کیا مصیبت، کون سا سرکاری پرچہ ہے پھر علاج کے لئے......"

"پرچہ سیاسی ہے ـــــ اور تم تو جانتی ہو کچھ بھی مسئلہ کھڑا ہو سکتا ہے!" ـــــ اس نے میری بات کاٹتے ہوئے کہا۔

"سلیم سے کہوں!" ـــــ میں نے پوچھا۔

"ارے نہیں ـــــ ڈیڈی اسلام آباد میں ہیں وہ کچھ کروا دیں گے!" ـــــ اس کے لہجہ میں اطمینان تھا۔

"اچھی بات ہے، ایک دو روز میں ہم لوگ آئیں گے تمہاری طرف!" ـــــ میں نے کہا اور فون بند کر دیا۔

این او سی کی تگ و دو میں کئی ماہ گزر گئے۔ سلطان نے، سلیم نے ہر ایک نے کوشش کر کے دیکھ لیا، مگر ڈاکٹروں کے بورڈ نے فیصلہ دے دیا تھا کہ علاج ملک میں بھی ہو سکتا ہے ـــــ! اور یہی بات کسی کی سمجھ میں نہیں آ رہی تھی۔

ہم چاروں خاموش بیٹھے تھے ـــــ روشی ہمیشہ کی طرح مطمئن و مسرور، البتہ سلطان کچھ پریشان تھا۔

"میرے خیال میں روشی ان دونوں کو باتیں کرنے دو، ہم تم باہر چلتے ہیں!" ـــــ میں نے اٹھتے ہوئے کہا اور ہم دونوں باغیچہ میں نکل آئے۔

"بے چارہ سلطان کس قدر مایوس تھا!" ـــــ میں نے اس کے ساتھ ٹہلتے ہوئے کہا۔

"ہاں وہ یقین کر چکا تھا، اس وجہ سے پریشانی ہوئی اور کوئی بات نہیں!" ـــــ روشی بولی۔

"بے یقینی کی کوئی وجہ بھی نہ تھی!" ـــــ میں نے کہا۔

"ارے یار ہماری سرکار جو نہ کرے کم ہے! روشی زور سے ہنس دی اور

میں ایک نظر اسے دیکھ کر خاموش رہ گئی۔

"روشی —— تم نے یہ سب کیوں کیا ؟ ؟" —— میں نے اچانک رک کر اس سے کہا —— اس کے چہرے پر ایک رنگ آکر گزر گیا۔

"کیا کیا ؟ ؟" —— اس نے بظاہر اطمینان بھرے لہجے میں پوچھا۔

"یہی این او سی کا چکر !" —— میرا لہجہ تلخ ہو گیا تھا۔

"میں نے کب کچھ کیا ہے۔ گورنمنٹ نہیں دے رہی ہے !" —— وہ بے حسی سے بولی۔

"بکواس کرتی ہو تم ! —— یہ سب کھیل تمہارا بنایا ہوا ہے —— میں جانتی ہوں تم کہاں تک جا سکتی ہو —— کیا —— کیا تم —— نہیں چاہتیں کہ ...... سلطان —— جو تم کو —— اپنی زندگی سے بڑھ کر عزیز رکھتا ہے —— وہ تمہارے مقابل کھڑا ہو سکے !" —— شدتِ جذبات سے میری آواز بھرا گئی تھی۔ میں نے ایک نظر اس کے چہرے کو دیکھا جس پر ضبط کی سرخی چھائی ہوئی تھی۔

"میں جانتی ہوں کہ وہ مجھے کتنا چاہتا ہے —— اور —— اور —— اس چاہت ...... کو ...... بچانے کے لئے .... اگر وہ پیروں ...... پر ...... کھڑ .... کھڑا ہو گیا .... تت .... تت .... تو ..... اور ... یہ ... دوری ..... یہ شکست ..... میری برداشت .... سس .... سے ....اور وہ پھوٹ پھوٹ کر رونے لگی۔"

میری نظروں کے سامنے وہ تمام چہرے گھومنے لگے جو روشی کے دیوانے تھے۔ سر رفیق، یاسین علی —— اکبر —— اور نہ جانے کون کون —— جن کی بیویاں، بچے ان کے انتظار میں رہتے اور وہ —— ! —— اس کے آگے میرے ذہن نے سوچنے سے انکار کر دیا !!

تلاطم

اوکلاہاما۔

عزیزِ من

آباد رہو !

چار ماہ کے طویل عرصہ میں تمہارا دوسرا خط ملا۔ کتنے جاں فزا۔ ہوتے ہیں وہ لمحات جب کوئی پیغام اپنوں کی خوشبو کا سفیر بن کر آتے !۔۔۔ میں تو ان مہینوں کو طویل عرصہ ہی کہوں گی جب آدمی ایک دن بھی انسانوں سے کٹ کر کسی جنگل میں گزارلے تو وہ ایک دن نہ جانے کتنے مہینوں پر بھاری ہوتے ہیں ۔۔۔ اور اب جبکہ میں پچھلے چار ماہ سے انسانوں کے ایک گھنے جنگل میں مقیم ہوں ۔۔۔ یقیناً چار صدیاں ایسی ہی ہوتی ہوں گی۔ سنو!۔۔۔ یہاں پر خزاں کا موسم شروع ہو چکا ہے ۔ مگر تم کو خزاں سے کیا غرض تم تو صرف بہار کے متلاشی ہو۔۔۔ لیکن یہ خزاں مجھے کئی بہاروں سے پیاری ہے ۔۔۔ اس خزاں میں چھپی ہوئی بہار کا اندازہ تم نہیں کر سکتے ۔۔۔ ایک بار کہیں پڑھا تھ کہ بہار کے موسم میں طبیعت کی جولانی اپنے شباب پر ہوتی ہے ۔۔۔ لیکن اس جملہ کا خالق اگر یہاں کی خزاں کو دیکھ لے تو مجھے یقین ہے اس کا نظریہ یکسر بدل جائے گا ۔۔۔ ! بہار کے کئی رنگ ہوتے ہیں ۔۔۔ مگر خزاں کا فقط ایک رنگ ۔۔۔ یعنی اداسی !۔۔۔ کتنی عجیب بات ہے ۔۔۔ یہ ملک جو دنیا کا طاقتور ترین ملک ہے ۔۔۔ یہاں پر جذبوں کے کیسے

کیسے نرم و نازک رنگ بکھرے پڑے ہیں ــــ یہاں کی ہر بات نرالی ہے ــــ اب یہی دیکھو ــــ خزاں کا موسم ہے ــــ مگر کس قدر حسین ــــ درختوں کے رنگ یکسر بدل چکے ہیں ــــ سوکھے پتوں پر مریل پن نہیں بلکہ ایک عجیب سی کھلکھلاتی شادابی ہے ــــ رنگوں کی ! ــــ گھاس کا رنگ جو ہمارے ملک میں سوکھ کر پیلا پڑ جاتا ہے نہ جانے کس خوف سے ــــ یہاں اس کا رنگ ہی اور ہے میں اس رنگ کو کوئی واضح نام نہیں دے سکتی ــــ شاید یہ بھی کسی ان کہے جذبے کا رنگ ہے !

لیکن تم کو ان کہے جذبوں کی کیا پہچان ــــ تم تو ہر بات سرِ محفل کہنے کے عادی ہو ــــ جس میں کوئی وزن نہیں ہوتا ــــ جسے سن کر کسی قسم کا جذبہ دل میں بیدار نہیں ہوتا ــــ جس میں کسی احساس کی تپش نہیں ہوتی ــــ ہاں چند لمحوں کی رفاقت کی خوشی ضرور ہوتی ہے ــــ کہو ــــ تمہارے شب و روز اسی انداز میں کٹتے ہیں یا کوئی تبدیلی ہوتی ۔ میری تو مصروفیت کا ابھی سے یہ عالم ہے کہ بعض اوقات تو جی چاہتا ہے کہ ذہن کو اس زور سے جھنجوڑ دوں کہ اس میں چھپا ہوا ہر سُر خلا میں بکھر کر رہ جاتے اور میں ایک انجانے سے بوجھ سے آزاد ہو جاؤں ــــ تم نے لکھا ہے کہ تمہیں خوشی ہے کہ میں ایک بلند مقصد کے لئے یہاں آ گئی ہوں ۔

مگر عزیز میرے ! ــــ انسان کا وہ کون سا بلند مقصد ہے جس کے لئے اسے اپنوں سے بیگانہ ہونے پڑے ــــ اس کرب کی تشریح تم نے نہیں کی ــــ میں تو فقط ــــ بس یونہی چلی آئی ــــ اب اگر کوئی بلند مقصد بن جاتا ہے ــــ تو ــــ سبحان اللہ اسی وقت دن کے دو بجے ہیں ــــ میں اپنی بہن کے چھوٹے سے گھر کے بے حد مختصر باغیچے کے ایک سرے پر آرام کرسی پر کئی گھنٹوں سے کاہلی سے پڑی ہوئی ہوں ــــ میری بہن بہنوئی دو دن کی چھٹی گزارنے اپنے کسی دوست کے ہاں مانچسٹر ل گئے ہوتے ہیں ــــ وہ لوگ میری آدم بیزاری سے نالاں ہیں ــــ انہیں

کیا معلوم کہ چند ماہ قبل میں کسقدر سوشل لڑکی ہوا کرتی تھی ____ یاد ہے انجمن آرا کا خطاب تو تم ہی نے دیا تھا ____ ابھی ابھی پتہ ہے میں نے کیا حرکت کی ! ____ نہ معلوم کیوں قلم کو چوم لیا ____ پتہ نہیں کس جذبہ کے تحت !! ____ بقیہ اہلِ وطن کس حال میں ہیں ضرور لکھنا ____ خدا حافظ

تمہاری دوست شیری ____

اوکلاہاما۔

عزیزِ من !

شاد رہو !

سنو ! ____ تمہارا خط آتے ہوتے بھی تقریباً ایک ہفتہ گزر گیا ہے ____ مگر مصروفیت کی وجہ سے فوری طور پر جواب نہ لکھ پائی ____ تم تو کہتے ہو کہ بے حد مصروف رہتے ہو پھر جانے کیسے اتنے طول طویل خط لکھ لیتے ہو ؟ ____ تم نے لکھا ہے کہ میں تم کو خط میں بزرگوں کی طرح کیوں مخاطب کرتی ہوں ____ ؟ حیرت ہے تم نے ایسا کیوں سمجھا ؟ ____ بھئی میرا مقصد قطعی یہ نہیں کہ تم کو خورد گردانوں یا خود کو برتر جو تمہاری تحریر نے احساس دیا ____ تم مجھے یاد کرتے ہو ؟ ____ زہے نصیب مگر زندگی میں اتنی فرصت کہاں کہ کسی کو یاد رکھا جاتے ____ یہ تو ناطے کی بات ہے، تعلق کا کھیل ہے کہ رابطہ رہا تو یاد بھی آ گئی ورنہ ____ کچھ نہیں ____ اور میرا تو یقین ہے کہ جس کا کسی سے رابطہ رہتا ہے اسے یاد کرنے کا تو سوال ہی پیدا نہیں ہوتا ____ ہے ناں ؟؟ ____ میرے شہر کی گلیوں کا کیا حال ہے ؟ ____ کس قدر عجیب بات ہے ہم بڑی سے بڑی کھلی سے کھلی شاہراہوں پر نکل آئیں ____ مگر تنگ گلیاں ذہن کے کسی نہ کسی گوشے میں جگمگاتی رہتی ہیں ____ تم نے لکھا ہے کہ تم کو وہ دوپہر

یاد ہے جب میں تم سے پہلی بار ملی تھی ــــــ اور میں اس جملے کو پڑھ کر خاصی دیر تک الجھتی رہی کہ آخر اس دوپہر ایسا کون سا سانحہ رونما ہو گیا تھا؟ ــــــ یہ ملن اور بچھڑنے کا کھیل تو ازل سے جاری ہے ــــــ اور تا ابد رہے گا ! ــــــ ہاں رہی بات تمہارے شہرِ دل کی ــــــ جس کا تذکرہ تم نے جگہ جگہ کیا ہے ــــــ تو وہ تو میرے خیال میں فقط ایک مکین کا اضافہ چاہتا تھا ــــــ جو ہو چکا ہے ــــــ کبھی کبھی خیال آتا ہے کہ ہوسِ ملک گیری کے مارے ہوئے سیاست دانوں کی طرح توسیع پسندی تمہارا بھی شیوہ ہے۔

تم جو دن میں نہ جانے کتنوں کے جذبوں کے گھروندے بناتے ہو ــــــ تباہ کرتے ہو اپنے شہرِ دل میں کتنی عمارتیں تعمیر کرتے ہو ــــــ کتنے مکینوں کو برباد کرتے ہو ــــــ یہ سب سوچ کر تو جی چاہتا ہے کہ بجائے شاعر کے اگر تم ایک آمرِ فرماں روا ہوتے یا ــــــ اور کچھ نہیں تو معمولی سول انجینئر ــــــ دوسروں کے نازک جذبات کے گھروندے بنانے کے بجائے سخت پتھر اور اینٹوں سے واسطہ پڑتا تب معلوم ہوتی زندگی کی حقیقت ــــــ کہ زندگی حسن، عورت، خوشبو ہی نہیں پتھر، کانٹے مصائب بھی ہے !ــــــ اجازت ــــــ

تمہاری دوست ر ــــــ

بفلو

عزیزِ من

ناراض نہ ہو !

تمہارا جھنجھلایا ہوا خط کل ہی ملا ــــــ جواب فوری دے رہی ہوں اس وجہ سے کہ اس وقت مجھے فرصت کے وہ لمحات میسر ہیں جن کے لئے پچھلے کئی مہینوں سے ترس رہی تھی ــــــ معلوم ہے تم کو یہ خط کہاں سے لکھ رہی ہوں ؟

اس وقت ہم سب یعنی میں میری بہن، بہنوئی ان کے کچھ احباب اور میرے دو پروفیسر نیاگرا فالز دیکھنے آئے ہیں سب لوگ باتوں میں لگے ہیں — میں ٹہلتی ہوئی کافی دور نکل آئی اپنے ایک پروفیسر مسٹر ونگ فیلڈ کے ساتھ — دیکھا تم نے — ان لوگوں کے نام ان کی بلند پروازی کی علامت ہیں! — ہم بہت دیر تک مختلف موضوعات پر گفتگو کرتے رہے — مجھے پہلی بار احساس ہوا کہ اپنے ملک سے دور وہاں کے بارے میں کسی اجنبی انسان سے باتیں سننا کس قدر اپنائیت کا احساس دلاتا ہے — ونگ فیلڈ کبھی پاکستان نہیں گئے مگر — ان کی معلومات ہمارے ملک کے بارے میں اسقدر مستند ہیں کہ حیرت ہوتی ہے — سیاسی غیر یقینی، طبقاتی کشمکش — انتشار اور مایوسی کی فضا — اور یہ سچا آدمی ان سب باتوں کا ذمہ دار اپنے ملک کی پالیسیوں کو گردانتا ہے — سچ کسی کے بھی منہ سے نکلے اس کی توانائی بہر حال دوسرے کو متاثر کرتی ہے — بلکہ سرنگوں کر دیتی ہے — میں اور مسٹر ونگ فیلڈ باتیں کرتے کرتے کافی آگے نکل آئے تھے — میں ایک جگہ رک گئی۔ انہوں نے چند لمحے مجھے دیکھا اور مسکرا دیئے۔

• شاید تم ان سیڑھیوں سے اوپر جانا چاہتی ہو؟ — انہوں نے ایک طرف بنی اونچی جگہ سے نیچے اترتی سیڑھیوں کی طرف اشارہ کرتے ہوئے پوچھا۔ اور میں بغیر بولے سیڑھیاں چڑھنے لگی۔ وہ سمجھدار آدمی تھے مجھے میری تنہائیوں سے باتیں کرنے کے لئے چھوڑ کر واپس چلے گئے۔ اور اس وقت اوپر کھلی جگہ میں بیٹھی آبشار کو پوری قوت سے زمین کی طرف بانہیں پھیلائے بڑھتا دیکھ رہی ہوں۔ آبشار کے چھینٹے مجھ تک پہنچ رہے ہیں۔ میں بھیگ رہی ہوں، سکڑ رہی ہوں اور ذہن کے افق پھیل رہے ہیں — تم نے کبھی طاقت، ہیبت، شکوہ، حسن اور نزاکت یکجا دیکھے ہیں؟ — اگر نہیں تو اس آبشار کو دیکھو — قدرت کی اس صناعی کو دیکھو — وہ دیکھو — سورج نہ جانے کب کا ڈوب بھی گیا — شام کا سرمئی پن دودھیا آبشار پر پھیلنے لگا ہے —

شاید اُسے بھی کسی کی ضرورت ہے ـــــ شاید وہ بھی محض شام کے انتظار میں دن بھر تندی و تیزی دکھاتا رہتا ہے ـــــ اور جب سورج ڈوبنے لگتا ہے تب یہ آبشار تھکا تھکا سا شام کی باہوں میں سمٹ آتا ہے ـــــ قدرت بھی کیا چیز ہے ؟ ـــــ کبھی سوچا ہے تم نے ؟ اس نے کیسے کیسے بندھن بنائے ہیں کبھی غور کیا ہے ؟ ـــــ اور یہ بندھن صرف انسانوں ہی کے لئے نہیں ہیں بلکہ قدرت کی بنائی ہوئی ہر دو چیز اس میں جکڑی ہوئی ہے ـــــ میرے خیال میں اب بہت بھیگ چکی ـــــ چلتی ہوں !

تمہاری شیری ـــــ

اوکلاہاما ـــــ

عزیز من !

پریشان نہ ہو ـــــ

آج دو ماہ کی غیر حاضری کے بعد تمہارا خط ملا ـــــ اگلے ماہ تک مجھے یہاں آئے ایک سال ہو جائے گا ـــــ ایک سال ـــــ ایک برس ـــــ بارہ ماہ ـــــ نہ جانے کتنی یادوں کو لئے اپنے ساتھ چلا یا جائے گا ـــــ بالکل میری طرح ـــــ جو نہ جانے کتنے جذبوں ، کتنی محبتوں کتنوں کے خلوص کے لئے خاموشی سے چلی آئی ـــــ بغیر کچھ کہے سنے ـــــ وقت بھی کسقدر تیزی سے گزر جاتا ہے کہ پتہ بھی نہیں چلتا ـ طول طویل دن ـــــ تھکا دینے والے تکلیف دہ گھنٹے کس سرعت سے لمحوں میں تبدیل ہو کر ہاتھوں سے پھسلتے ہوئے نہ جانے کہاں گم ہوتے چلے جا رہے ہیں ـــــ میرا آج تیزی سے کل میں تبدیل ہو رہا ہے ـ بغیر اپنا نشان چھوڑے ـــــ تم نے لکھا ہے کہ تم میری تحریر سے پریشان ہو گئے ـ کئی راتیں نہ سو سکے ـــــ لفظوں میں میرا سراپا ڈھونڈتے رہے ـــــ مگر دیکھو نا ـــــ انسان کی کوئی چیز بھی تو اپنی نہیں ـــــ میرے الفاظ تمہارے ہو گئے ـــــ میرا آپ

نہ جانے کہاں بھٹک رہا ہے ــــ نہ جانے کب کس کا ہو جاتے۔ اس اذیت کا کبھی اندازہ کیا ہے تم نے ؟ ــــ انسان کی تہی دامنی ــــ خالی ہاتھوں کے بارے میں سوچا ہے کبھی ؟ ــــ تم نے لکھا ہے کہ میں کبھی تو تمہاری زبان کا اعتبار کروں ــــ کس لمحہ تم کو یہ احساس ہوا کہ تم ناقابلِ اعتبار ہو ؟ ــــ کون سی سعد گھڑی تھی جب تمہارے وجود میں پوشیدہ سچائی نے تم کو یہ جملہ لکھنے پر مجبور کر دیا ؟ ــــ تم نے لکھا ہے کہ کبھی تو میں تمہاری بات مان لیا کروں ــــ تو سنو ــــ میں ہر آدمی کی بات کو جو اس کے نزدیک بہتر ہو میرے نزدیک بہترین ہوتی ہے ــــ پھر مجھے کسی کی اچھائی اپنانے کی ضرورت نہیں ــــ کیونکہ مجھے اپنی برائیاں بے حد عزیز ہیں ــــ تم میری تحریر پڑھ پڑھ کر الجھتے رہے ــــ پریشان ہوتے رہے ــــ مگر کیوں ؟ ؟ ــــ آخر ایسی کون سی بات میں نے لکھ دی تھی ــــ تم تو حقیقتوں پر ایمان رکھتے ہو ــــ پھر یہ الجھاؤ ــــ یہ بے چینی کیوں ؟ ــــ کیا تم میں سچ سہارنے کی طاقت نہیں ہے ــــ ؟ ــــ آج تو میرا جی بالکل نہیں چاہ رہا تھا کہ کسی قسم کی خط وکتابت کروں مگر ــــ پھر سوچا چند سطریں گھسیٹ دوں ــــ اور دیکھو تو یہ چند سطریں پورا خط بن گئیں ــــ واقعی انسان کے بس میں کچھ بھی نہیں ــــ ! ــــ مگر میں اس بے بسی کو سلام کرتی ہوں ! ــــ کہ یہ نہ ہوتی تو انسان کچھ بھی نہیں کر سکتا ! ــــ

تمہاری دوست !

او کلاہاما !

اچھے دوست !

کافی عرصہ پہلے تمہارا خط مل گیا تھا ــــ جواب آج دے رہی ہوں ــــ تمہارا بارہ صفحوں کا خط میں نے فقط ساڑھے پانچ منٹ میں پڑھ لیا ــــ وہی پرانی باتیں ــــ

پہلی ملاقات، محافل میں ملاقات، یہاں ملاقات، وہاں ملاقات ـــــ ملاقاتوں کی اتنی طویل فہرست دیکھ کر تو میں واقعی پریشان ہوگئی ـــــ فراق کا تو کوئی ذکر ہی نہیں ـــــ فاصلوں کا تو کوئی تذکرہ ہی نہیں ـــــ خیر تمہارے خط کی یہ ملاقاتیں مجھے بہت کچھ یاد دلا رہی ہیں ـــــ جم خانہ کی وہ شب ـــــ جب تم نے کئی لوگوں کے بیچ بیٹھ کر میری محبت کے راگ الاپے تھے ـــــ اور جسے سن کر میں ہنس دی تھی ـــــ تم جانتے ہو میرا تمہارا حلقۂ احباب ایک ہی ہے جہاں تم ایک دل پھینک انسان مشہور ہو جبکہ میں سنجیدہ اور بردبار لڑکی کے روپ میں پہچانی جاتی ہوں۔ مجھے وہ دوپہر یاد ہے جب میں لائبریری جانے کے لئے بس کے انتظار میں کھڑی تھی اور اچانک تم نہ جانے کہاں سے اپنی گاڑی لئے نمودار ہوئے ـــــ تم نے مجھے لفٹ دی ـــــ اور پھر وہ سارا دن میں بجائے لائبریری کے تمہارے ساتھ رہی ـــــ کبھی کسی پارک میں ٹہلتے ہوئے ـــــ کبھی سمندر کی جگمگاتی ریت پر بے نشان قدموں سے چہل قدمی کرتے ہوئے ـــــ کبھی ڈرائیونگ کرتے ہوئے ـــــ کبھی کسی سینک بار میں چائے پیتے ہوتے ـــــ اور شام پانچ بجے اچانک لائبریری کا خیال آیا تو بہت دیر ہو چکی تھی ـــــ مگر کس قدر عجیب ملاقات تھی کہ ہم چار گھنٹے ساتھ رہے ـــــ مگر ـــــ کوئی خاص بات نہیں ہوئی ـــــ ماسوائے تعلیم نوکری، تمہاری دفتری سیاست اور تمہاری دوستوں کے ـــــ اور مجھے خود پر حیرت ہوتی رہی کہ کیوں ـــــ کس وجہ سے تمہاری بات مان لی ـــــ بلکہ اکثر مان لیا کرتی تھی ـــــ اور وہ دن بھی مجھے اچھی طرح یاد ہے کہ جب تم ایک روز اچانک ہمارے گھر چلے آئے تھے ـــــ اس روز ـــــ میں سارا دن بہت خوش رہی ـــــ حالانکہ تم تو چند لمحوں کے لئے بابا کے پاس آئے تھے کسی کی سفارش لے کر! ـــــ میرے حافظے میں وہ رات بھی محفوظ ہے جب میرے بہت سے دوستوں ـــــ سہیلیوں اور والدین کے ہمراہ تم بھی مجھے ایئرپورٹ رخصت کرنے آئے تھے ـــــ وہیں باتوں کے دوران میرے ایک ہم جماعت

نے کہا تھا ـــــ " شیری ـــــ اب تم ڈاکٹریٹ کرکے ہی آنا ـــــ اچھا موقع مل رہا ہے !
اس پر میں نے کہا تھا ـــــ " نا بابا ! اتنی بڑی ڈگری مجھ سے نہیں سنبھلے گی ـــــ بس کوئی چھوٹے موٹے کورس کرلوں گی !" ـــــ اور تم نے ـــــ جو لاتعلقی سے میرے بالکل قریب کھڑے تھے جھک کر آہستہ سے کہا تھا ـــــ " بھئی ـــــ ہم تو کوئی اور ہی کورس کروانا چاہ رہے تھے !" ـــــ اور تب ـــــ اس لمحہ ہمارے ہاں کی صدیوں پرانی قدامت پرست لڑکی جو ہر آزاد سے آزاد خیال لڑکی کے وجود میں ہوتی ہے بڑی بُری طرح گھبرا گئی تھی۔
اور جس کی گھبراہٹ کی سُرخی یقیناً میرے چہرے پر بھی پھیل گئی تھی ـــــ میں نے ایک نظر تم کو دیکھا ـــــ تم حسبِ عادت لاتعلق سے ـــــ سنجیدہ نظروں سے میری ہی طرف دیکھ رہے تھے ـــــ اس دن ـــــ ہاں پہلی بار ـــــ پچھلے تین سالوں میں پہلی مرتبہ مجھے نہ جانے کیوں تم پر اعتبار آگیا تھا ـــــ تمہاری آنکھوں کی سنجیدہ سوچ نے مجھے بھی کچھ سمجھنے پر مجبور کردیا تھا ـــــ شاید یہ خطوط اسی لمحہ کا نتیجہ ہیں ـــــ یہ تعلق اسی دن کی سنجیدگی کا تحفہ ہیں ـــــ لیکن ـــــ یہ بھی تو ہوسکتا ہے کہ وہ بچھڑنے کا لمحہ تھا اسی وجہ سے مجھے تم پر اعتبار آگیا تھا ـــــ ویسے بھی بچھڑنے والے سے کسی قسم کا اختلاف نہیں رہ جاتا ـــــ
پرسوں ریحان آیا تھا ـــــ یاد ہے وہ ہنس مکھ چلبلا سا لڑکا دو ڈھائی سال پہلے تم اس سے ملے تھے شاید تمہیں یاد ہو ـــــ یہاں آجکل کولمبیا یونیورسٹی میں پڑھ رہا ہے ـــــ جس وقت وہ پہنچا ہے اتفاق سے میں تمہارا ایک پرانا خط پڑھ رہی تھی۔
" آپی ـــــ کس کا خط پڑھ رہی ہو ؟" ـــــ اس نے مجھ سے پوچھا تھا۔
اور جب میں نے تمہارا بتایا تو چند لمحے سوچتا رہا پھر ایکدم بولا :
" اوہ ـــــ وہ شاعر صاحب ! ـــــ ارے تمہاری دوستی بھی کیسے کیسے لوگوں سے ہے ـــــ اب ختم کردو یہ قصہ ! ـــــ تم نے زندگی کی کھلی شاہراہ پر قدم رکھ دیا ہے ـــــ بس آگے کی طرف دیکھو ـــــ پیچھے مڑکر دیکھنے کا کوئی فائدہ

نہیں !" ـــــ اور میں حیرت سے اسے دیکھتی رہی ـــــ دو برسوں نے اسے کس قدر سمجھ دے دی تھی۔ عمر میں وہ مجھ سے پانچ برس چھوٹا ہے ـــ اور عقل میں کسقدر بڑا لگ رہا ہے ـــــ مگر میں اس کی بات سن کر ہنس دی تھی۔

" تعلق اتنی آسانی سے نہیں توڑے جا سکتے !" ـــــ میں نے تمہارا خط ایک طرف رکھتے ہوئے کہا تھا۔

" ایسے تعلق بناؤ ہی مت جنہیں توڑنے کی ہمت نہ ہو !" ـــــ اس نے بڑی سنجیدگی سے کہا تھا۔

" اچھی بات ہے ـــــ چچا جان کو لکھ دوں گی کہ اب اپنے بیٹے سے ہاتھ دھولیں"۔ میں نے کہا۔ اور وہ زور سے ہنس پڑا تھا۔

" خونی ناطوں کی بات نہیں ـــــ" وہ ہنستے ہوئے بولا۔

" میں دنیاوی تعلق کی بات کر رہا ہوں ـــــ مگر یہ خونی ناطے بھی دوری سے کمزور پڑ جاتے ہیں !" ـــــ وہ کہتا ہوا غسل خانے کی طرف چلا گیا ـــــ اور میں کافی دیر خاموش بیٹھی اس کے فلسفہ پر غور کرتی رہی۔

اس وقت تو کہیں گھومنے پھرنے گیا ہے ـــ ابھی چند لمحوں میں آنے والا ہے ـــ آج اس نے فرمائش کی ہے کہ بہت سارے پاکستانی کھانے بنا دوں ـــــ کچھ کھائے گا، کچھ باندھ کر لے جائے گا ـــــ

اچھا اجازت ـــــ

شیری ـــــ

اوکلاہاما ـــــ

عزیزہ!

محبت کے فلسفہ پر مبنی تمہارا شاہکار ابھی ملا ـــــ پڑھ کر میرے اندر کی وہی قدامت پرست لڑکی جو گہری نیند سو رہی تھی چونک اٹھی ـــــ لجا گئی ـــــ مگر پھر میرے تیز قہقہے نے اسے سہما دیا ـــــ تم نے لکھا ہے کہ میں تمہاری تمام دوست لڑکیوں میں وہ واحد لڑکی ہوں جس سے تم نے محبت کی! ـــــ اور یہ جملہ پڑھ کر پندرہ سولہ برس پہلے کا ایک نقشہ ذہن میں جگمگانے لگا ـــــ میں ان دنوں اسکول میں پڑھتی تھی ـــــ شاید نویں کلاس میں تھی ـــــ میرے گھر کے عین سامنے ایک بچوں کا پارک تھا۔ ہر شام وہاں چلی جاتی ـــــ ٹافیوں کا ایک تھیلا خرید لیتی اور جو بچہ اچھا لگتا اسے چند ٹافیاں دے دیتی ـــــ اور بس! ـــــ میں جب سے یہاں آئی ہوں ـــــ سینکڑوں مردوں، نوجوانوں اور لڑکوں سے مل چکی ہوں ـــــ ملتی رہتی ہوں ـــــ جن میں عیاش افراد بھی ہیں ـــــ شاید آوارہ بھی ہوں اور یقیناً شرفاء بھی۔ مگر ان سب میں ـــــ میں نے جو قدر مشترک دیکھی وہ یہ کہ یہ تمام افراد ذہنی دیوالیہ پن کا شکار نہیں ہیں ـــــ یہ جسے دوست کہتے ہیں ـــــ اسے دوست ہی سمجھتے ہیں ـــــ جس سے محبت کرتے ہیں اس کی انتہا کو پہنچ جاتے ہیں ـــــ جس سے جسم کا تعلق قائم کرتے ہیں وہاں انہیں جسم کی لطافتوں کے سوا کچھ نظر نہیں آتا ـــــ جس سے روح کا بندھن باندھتے ہیں وہاں پر جسم ثانوی حیثیت اختیار کر لیتا ہے ـــــ اور یہ کہ عورت ان کے نزدیک ایک محترم ہستی ہے ـــــ یہ الگ بات ہے کہ مغرب کی عورت اپنی حدود و قیود توڑ چکی ہے۔ لیکن ہمارے ہاں کا مرد بھی تو ہر قسم کی پابندی سے آزاد ہے ـــــ ہمارے ہاں کپڑوں میں لپٹی ایک عورت کو دیکھ کر مرد بے قابو ہو جاتے ہیں ـــــ اور یہاں ـــــ ہزاروں عورتیں بکنی پہنے ساحل سمندر پر پڑی رہتی ہیں مگر کوئی ان پر نگاہِ غلط انداز بھی نہیں ڈالتا ـــــ گو مجھے عورت کی پائمالیٔ حرمت پر دکھ بھی بہت ہوتا

ہے ــــ مگر ایک عجیب طرح کی طمانیت کا احساس بھی ہوتا ہے ـــــ تم نے کس برتے پر اتنا بڑا دعویٰ کیا کہ تم کو مجھ سے محبت ہے ـــــ ہو سکتا ہے کہ یہ تمہارا ذاتی فعل ہو ـــــ مگر اس بات کا ضرور اقرار کرتی ہوں کہ تم کو میں نے پسند کیا ـــ لیکن وہ محبت جو مرد اور عورت کو ایک حسین ان دیکھے بندھن میں باندھ دیتی ہے ـــــ وہ محبت مجھے تم سے کبھی نہ تھی ـــــ پسندیدگی اور محبت میں بڑا فرق ہوتا ہے ـــــ پھر بھلا محبتیں اتنی جلدی ہو جاتی ہیں ؟ ـــــ یہ جذبہ تو بہت آہستہ آہستہ انسان کے رگ و پے میں سرایت کر جاتا ہے ـــ اور انسان کو علم بھی نہیں ہو پاتا ـــــ اس قدر نازک اور خوب صورت جذبے کو فقط محسوس ہی کیا جا سکتا ہے ـــــ اس کے لئے الفاظ کی ضرورت نہیں پڑتی ـــــ اظہار کی حاجت نہیں ہوتی ـــــ تم کہو گے کہ دوری کی وجہ سے تم نے لفظوں کا سہارا لیا ـــــ لیکن ـــــ لیکن ـــــ جب میں وہاں تھی ـــــ تب بھی تو تمہارے الفاظ یہی تھے ـــــ تمہارا انداز ایسا ہی تھا ـــــ مگر ـــــ میرے دل میں کسی احساس ، کسی جذبے نے کبھی سر نہ اٹھا ـــــ اور پھر تم خود ہی تو کہتے ہو کہ ہم اچھے دوست ہیں ـــــ یقین کرو ـــــ میں نے تم کو ہمیشہ ہی اپنا دوست سمجھا ـــــ پھر میں تمہاری وہ بات تا دمِ مرگ نہیں بھول سکتی ـــــ ایک تقریب میں تم نے ایک خوبصورت سی لڑکی کی طرف اشارہ کر کے کہا تھا ، ’’اسے دیکھ رہی ہو ـــــ پتہ نہیں اپنے آپ کو کیا سمجھتی ہے ـــــ میرے آگے پیچھے پھرا کرتی تھی !‘‘ ـــــ اور عزیز میرے !ـــــ تم کو پتہ ہے ایک لمحہ کو مجھے ایسا محسوس ہوا جیسے بھرے مجمع میں مَیں بے لباس ہو گئی ہوں ـــــ کیونکہ ـــــ بہت ممکن ہے کہ آنے والے کل کو تم یہی الفاظ میرے بارے میں کسی اور سے کہہ جاؤ ا ـــــ بہت ممکن تھا کہ میرا لگاؤ ـــــ میری پسند محبت میں بدل جاتی ۔ اگر تم اس قدر جلدی نہ کرتے ـــــ تم کہتے ہو میرے خطوط نے تم کو بہت کچھ سوچنے پر مجبور کر دیا ہے ـــــ مگر میں پوچھتی ہوں تمہارے بولے ہوئے جملے میرے

دل و جذبات کی دنیا زیر زبر نہ کر گئے ہوں گے ؟ میں ایک مضبوط دل و دماغ کی لڑکی ہوں اس لئے ہر بات کو ہنسی میں اڑاتی رہی ــــ میرے اندر کی لڑکی کتنی بار ٹوٹی ــــ کتنی بار بکھری ــ اس کا اندازہ کسی کو نہیں ہو سکتا حتیٰ کہ تمہیں بھی نہیں جو ــــ میری محبت کے دعوے دار ہو!

شیری ــــ

او کلایاما !

! !

چار ماہ قبل ــــ یا اس سے بھی پہلے تمہارا نصیحت نامہ ملا تھا ــــ وہ پلندہ میں نے دراز میں رکھ دیا تھا ــــ آج کسی کام سے دراز کھولی تو اس پر نظر پڑ گئی ــــ سوچا چلو جواب دے دوں ــــ اور اب تو ویسے بھی جواب سوال کا سلسلہ ختم ہونے والا ہے ــــ تم نے لکھا ہے کہ میرا خط سیاہی سے نہیں بلکہ زہر کے قطروں سے لکھا گیا ہے ــــ افسوس کہ اس کا بھی تو تریاق تمہارے پاس نہیں ــــ تم کہتے ہو کہ مغرب کی ہوا نے میرے خیالات کو مسموم کر دیا ہے ــــ مگر ــــ تم تو مشرق کی ہواؤں میں رہ رہے ہو ــ تم میں اختلاط کیوں ؟ ــــ تم نے مذہب ، معاشرت ، تہذیب کے حوالوں سے بہت سی باتیں سمجھانے کی کوشش کی ہے ــ لیکن ــ تم خود فیصلہ کرو آج یہ سب چیزیں تم کو کیوں اہم لگ رہی ہیں ــــ دو برس پہلے جب میں وہاں تھی تو ان ناموں کو سنا تک نہ تھا ــ ! ــ تم نے لکھا ہے شوہر عورت کا مجازی خدا ہوتا ہے ۔ ضرور ہوتا ہو گا ــــ مگر میں تو صرف ایک ہی خدا کے آگے سجدہ ریز ہو سکتی ہوں ــــ آگے کا فلسفہ تو بالکل فضول اور بکواس ہے ــــ تم کہتے ہو کہ میں ایک آئیڈیل لڑکی ہوں ــــ ضرور ہوں گی ــــ مگر یہ بھی تمہاری ذاتی رائے ہے اس میں میرا کیا قصور ؟ ــــ ہاں تم نے یہاں آنے کو لکھا ہے ــــ ضرور آؤ ــــ اس وقت

تک میں اپنے گھر کی ہو چکی ہوں گی ــــ میرا ہونے والا شوہر ۳۹ سالہ امریکن نژاد پروفیسر ہے ــــ حیران نہ ہو ــــ یہ دنیا کے کسی مذہب پر یقین نہیں رکھتی ماسوا انسانیت کے ــــ پھر اس نے نہ چاہتوں کا رونا رویا نہ محبتوں کے دعوے کئے ــــ بس ایک سیدھی سادی سی بات کہی کہ وہ مجھ سے شادی کرنا چاہتا ہے ــ اور بس ! ــــ مجھے کم سے کم اتنا تو یقین ہو گا کہ جو شخص مجھ سے صرف شادی کر رہا ہے وہ ہر لحاظ سے میرا ہی ہو گا ــــ ایک روز ہم دونوں محبت کے بارے میں گفتگو کر رہے تھے ــــ باتوں باتوں میں مَیں نے اسے تمہارے بارے میں بتایا ــــ وہ بڑے غور سے میری باتیں سنتا رہا پھر ایکدم ہنس کر بولا : ــــ

" شیری میرے خیال میں تمہارا دوست ابھی امیچیور ہے !" ــــ دیکھا تم نے تمہارا ہم عمر یہ مرد تم کو نابالغ ذہن کا لڑکا سمجھ رہا ہے ــــ ہے نا عجیب سی بات ــــ اور مجھے اپنے پر حیرت ہو رہی ہے کہ تم کو کس طرح میں نے ایک سمجھ دار آدمی سمجھ لیا تھا ــــ بہرکیف ــــ اگلے ماہ میری شادی ہے ــــ مجھے یقین ہے میری زندگی بے حد اچھی ــــ بہت پرسکون گزرے گی ــــ گو میری خواہش یہی تھی کہ اچھی چیز کا حصول اگر اپنوں میں رہ کر ہوتا تو یہ خوشی دوگنی ہو جاتی ــــ مگر چونکہ ایسا نہیں ہوا اور نہ ہو سکتا تھا ــــ اس لئے مجبوری ہے ــــ مجھے یقین ہے کہ یہ اچانک خبر اگر تمہیں حیران کرے گی تو ــــ خوشی بھی دے گی ــــ میں تمہاری دوست ہوں نا ــــ یقیناً تمہاری نیک خواہشات میرے ساتھ ہوں گی ! ــــ

الوداع ــــ شیری ــــ

کراچی ۱۹۷۹ء

آئینے

"یار ڈوگر۔ کب جا رہا ہے؟" سلطان جو بڑی دیر سے گھاس پر اُلٹا پڑا تھا یکایک سر اٹھا کر بولا۔ "بس یار — پرسوں صبح — یار! — شکر ہے سال بعد اپنے شہر جاؤں گا!" ڈوگر کی آنکھوں میں بچھڑے شہر سے ملنے کی خوشی تھی — ہم سب ہی دوسرے شہروں سے حصولِ علم کے لئے آتے ہوئے تھے — اور آج ایم۔ اے کے آخری سال کے آخری پرچے کے بعد یوں ہلکے پھلکے ہو گئے تھے جیسے صدیوں کا بوجھ کاندھوں سے اُتر گیا ہو — ہمارے دلوں میں ولولے تھے، کچھ کر گزرنے کے جذبے تھے، ایسا محسوس ہو رہا تھا ہم فاتح دنیا ہیں — اور اب اس مادرِ علمی سے باہر نکلیں گے تو ہر شخص ہماری پذیرائی کے لئے بے چین ہو گا — ہمیں سر آنکھوں پر بٹھائے گا۔" "ہاں یار — اپنا وطن پھر اپنا ہوتا ہے!" زرخان کے سرخ چہرے پر سنہری دمک اُتر آئی تھی۔

"میری سمجھ میں آج تک تم لوگوں کا یہ انوکھا تصورِ وطن نہیں آیا۔" میں نے زرخان کے دمکتے چہرے کو حسد بھری نظروں سے دیکھتے ہوئے پوچھا: "دیکھیں ناں — ملک پاکستان اور وطن مردان!"

زرخان کے جملے نے جیسے اس کے پورے وجود کو جگمگا دیا تھا۔

"تم — کہاں جاؤ گی؟" نسرین نے پیالی اٹھاتے ہوئے پوچھا؛ "کوئٹہ — والد کا تبادلہ ہو گیا ہے!" میں نے بے دلی سے کہا۔

کبھی کبھی مجھے اپنے پر بہت غصہ آتا —— جب میرے دوست اپنے اپنے وطن کے قصے سناتے تو مجھے بہت مزہ آتا، وہ گلیاں، وہ جوہڑ، ایسے باغات، یہ ندیاں —— آخر میں کیوں محروم ہوں ان چیزوں سے ؟ —— اونہہ تم تو پاگل ہو —— "یہ PRIMITIVE لوگ ایک مخصوص دائرے میں رہتے ہیں ۔ ان کی سوچ سمجھ کی سرحد بس ان کے گھٹے ہوئے ماحول ہی تک ہے —— دنیا کہاں سے کہاں پہنچ گئی ، اس کا انہیں علم نہیں" —— ایک روز میں نے اپنے فرسٹریشن کا ذکر اپنے ایک لیکچرر سے کیا تو انہوں نے طویل لیکچر کے بعد یہ جملہ کہہ کر اپنی بات ختم کردی ۔ وہ شاید اپنا اصل بھول چکے تھے یا پھر چھوٹے دائروں پر یقین نہیں رکھتے تھے —— زرخان کی بات کے ساتھ ہی مجھے ان کی بات یاد آگئی تھی ۔ وہ حافظ آباد کے رہنے والے تھے ۔ ایک روز کراچی آگئے اور پھر یہیں کے ہو کر رہ گئے ۔ بائیس برسوں میں شاید ایک یا دو بار اپنے شہر گئے تھے اور بس ! ——

" یہ ہجرت کی کون سی قسم ہے ؟" —— اچانک بھری سبھا میں میں نے سوال اٹھایا ۔ سب میری طرف حیرت سے دیکھنے لگے " تم کہاں پہنچی ہوئی ہو ؟" —— سلطان سیدھا بیٹھتے ہوئے بولا ۔ تب میں نے اپنے استاد کا کہا ہوا جملہ سنایا " یہ ہجرت نہیں —— اپنے آپ سے فرار ہے ۔ ہجرت تو کسی بلند مقصد کے لئے کی جاتی ہے !

—— " ڈنر گر فلسفیانہ لہجے میں بولا ۔

" مثلاً ؟ ؟" میں نے پوچھا ۔

" مثلاً یہی کہ میرے والدین جالندھر سے یہاں آگئے —— آپ کے والدین نے پاکستان کو اپنا لیا !" اس نے کہا " وہ کوئی بلند مقصد نہیں تھا —— ہمارے بزرگوں نے ہجرت ہمارے بہتر مستقبل کی خاطر کی ۔ تاکہ معاشی طور پر استحکام ملے ۔ یعنی وہ چیزیں ہمیں مل جائیں جن سے ہمارے بزرگ آہستہ آہستہ محروم ہو رہے تھے !" میرے لہجے میں تلخی اتر آئی تھی —— " یہ کیا کم بلند مقصد ہے کہ نسلوں کے مستقبل کو محفوظ کر دیا جائے !

زرخان میری طرف دیکھتے ہوئے بولا : "یہ مقصد نہیں خود غرضی ہے !" میں نے ہٹ دھرمی سے کہا —— دیکھئے میں سمجھتا ہوں کہ غرض ہی انسان کا اصل ہے —— یہ نہ ہو تو دنیا کے کام رک جائیں ۔ بلکہ کوئی کام ہی نہ ہو !

خاصی کی جو بڑی دیر سے خاموش تھا بول پڑا ۔

"میں تو ہاسٹل جا رہی ہوں —— تم چلو گی ؟" ۔ ماہتاب نے اکتا کر کہا ——

"میں تھوڑی دیر بعد آؤں گی !" میں نے جواب دیا ۔

"میں بھی چلتی ہوں !" نسرین اپنی کتابیں اٹھاتے ہوئے بولی ۔

"او کے ۔ جیسا چاہو !" ——

میں نے سلمان کی طرف دیکھا جو اشارے سے نسرین کو روکنے کے لئے کہہ رہا تھا

"نسرین —— تمہارا جانا ضروری ہے ؟" میں نے پوچھا ۔

"ہاں —— بہت زیادہ !" —— اس نے تیز نظروں سے سلمان کو گھورتے ہوئے کہا —— اور دونوں کپڑے جھاڑ کر کھڑی ہو گئیں ۔

ہم سب ہی خاموش تھے —— یوں لگ رہا تھا کسی کے پاس کہنے کو کچھ نہیں ہے ۔ ہماری آخری شام تھی جو ساتھ گزر رہی تھی —— میں نے ایک طائرانہ نظر یونیورسٹی کی اردگرد پھیلی عمارت پر ڈالی ۔ میرا شعبہ ۔ لائبریری ، درخت والی کینٹین ۔ انتظامیہ ۔ اور کیفے ٹیریا —— نہ جانے اب کب یہاں آنا ہو ! —— بے ساختہ میرے منہ سے نکلا : ——

"ہاں —— چار برسوں نے جہاں ہمیں علم سکھایا وہیں محبت کے آداب بھی اس مادرِ علمی نے عطا کئے !" ——

زرخان کے لہجے میں اداسی تھی —— "اب تو بس زندگی کا ایک پرزہ بننا ہے ۔ یہ بے فکری ، یہ دلچسپیاں ، یہ محبتیں کہاں ملیں گی ؟" ——

ڈوگر سنجیدہ لہجے میں بولا :۔
"ہاں ـــــ پتہ نہیں کل کیا ہو ؟
سلطان کے لہجے میں مستقبل کی تشویش نے سر اٹھایا :"۔ لڑکیوں کے مزے۔ ماں باپ کے گھر رہتی ہیں تو سکون ، یونیورسٹی میں آتی ہیں تو اطمینان اور پھر شوہر کے گھر حکمرانی ـــــ !"

ڈوگر میری طرف دیکھتے ہوئے بولا :۔" اب وقت بدل چکا ہے ـــــ میں اور تم ہم دونوں زندگی کی جہد میں برابر کے شریک ہیں !"ـــــ میں نے کہا۔ اور سب ایک بار پھر خاموش ہو گئے ۔

چند لمحے پہلے کی دلچسپ محفل پر سناٹا چھا چکا تھا ـــــ سب اپنے اپنے خیالوں میں غرق تھے ۔ وقت تیزی سے ہمارے ہاتھوں سے پھسلتا جا رہا تھا۔

ستمبر شروع ہو چکا تھا۔ کوئٹہ کی شامیں سرد ہونے لگی تھیں ـــــ ہم سب لان میں بیٹھے چائے پی رہے تھے۔

"میرا کوئی شہر کیوں نہیں ہے ؟"۔ اچانک میں نے اپنے والد سے پوچھا : وہ میرا جملہ سن کر حیرت بھری نظروں سے تکنے لگے ـــــ" یعنی ؟ ؟ ـــــ

یہ کوئٹہ تمہارا شہر نہیں ہے ؟"۔ انہوں نے چند لمحوں بعد پوچھا۔ اور میں مخمصے میں پھنس گئی ۔ یہ اپنا تھا بھی اور نہیں بھی !"۔ نہیں " ! ـــــ

" جیسے گورکھپور آپ کا شہر تھا" ! میں نے ان کی طرف دیکھتے ہوئے کہا ۔ اور اس ایک لمحے میں مجھے ان کی آنکھوں میں ڈوگر کی آنکھوں کی چمک ، ان کے چہرے پر زرخان کے چہرے کی دمکتی سنہری رنگت نظر آ گئی ـــــ

" بھئی ـــــ ! میں تو اتنا جانتا ہوں کہ جو زمین اور اس کی آب و ہوا آپ کو قبول کرے ، جہاں رہ کر آپ محفوظ رہیں وہی علاقہ آپ کا ہے اور بس !"ـــــ انہوں

نے ہنس کر کہا :

" یعنی یہ کہ ہم کسی بھی جگہ جا کر رہیں وہ ہمارا وطن ہوگا !" ــــ میں نے جرح کی۔

" ہاں ! اگر وہاں کی مٹی آپ کو قبول کر لے" ۔ وطن درحقیقت کوئی بنی بنائی چیز نہیں کہ کوئی آدمی اسے اپنا لے، بلکہ وطن بنانے کے لئے نسلیں درکار ہوتی ہیں ۔قبولیت تک پہنچنے کے لئے بہت سی چیزوں کی ، جذبوں کی ، خواہشات کی قربانی دینا ہوتی ہے !" ــــ انہوں نے سمجھاتے ہوئے کہا۔

• گویا وہ جذبۂ تسکین کہ جس کے سہارے ہم کسی چیز کو اپنے وجود سے بڑھ کر سمجھنے لگتے ہیں ، ہجرت کا ، بھٹکنے کا متقاضی ہے !" ــــ میرے لہجے میں تلخی اُتر آئی تھی۔

" نہیں ــــ مسلمان کے لئے یہ ساری زمین اس کا وطن ہے ــــ وہ سرحدوں میں نہیں بٹتا ــــ دنیاوی سیاست سے قطع نظر !" ــــ انہوں نے کہا اور کھڑے ہو گئے۔

مذہب کتنی اچھی چیز ہے ــــ ہر فرسٹریشن کا علاج ہے اس کے پاس چاہے وقتی ہی سہی ! ــــ اور میں ہنس پڑی ۔ اپنی بے بسی پر یا شاید صدق کی طاقت ختم ہو جانے پر ! ــــ

" اٹھو بیٹا ! ــــ دس بج رہے ہیں !" ــــ امّی کی آواز پر میری آنکھ کھل گئی ۔کمرے میں ہلکا ہلکا اندھیرا چھایا ہوا تھا ، میں نے سرہانے کھڑکی کا پردہ اٹھا کر دیکھا ، پورا پورٹیکو برف سے ڈھک چکا تھا ۔ سامنے لگے بادام کے درخت کی خشک ٹہنیوں کو برف نے ڈھانپ لیا تھا ــــ میں اس خوبصورت منظر میں گم ہو گئی ۔

" تمہاری یونیورسٹی کے کچھ لڑکے آئے ہیں !" ــــ امی نے ہیٹر جلاتے ہوئے اطلاع دی ۔ اور میں تیزی سے لحاف ایک طرف پھینک کر مسہری سے کود گئی۔

"کون آیا ہے امی ؟ ؟" ــــ میں نے بے تابی سے پوچھا ۔ وہ مسکرا اٹھیں ۔

" باہر جا کر خود دیکھ لو !" ــــ انہوں نے کہا اور کمرے سے باہر نکل گئیں ۔ چند منٹ میں

منہ ہاتھ دھو کر میں تیزی سے ڈرائنگ روم کی طرف لپکی ـــــ وہ تینوں گرم جوشی سے کھڑے ہو گئے۔

" ارے واہ! ـــــ دو برس بعد تم لوگ کہاں سے ٹپک پڑے؟

میں خوشی سے چلّا اٹھی!

" بس ادھر آئے تو سوچا کہ آپ سے بھی ملاقات کرلیں ـــ بلکہ ادھر آنے کا ایک مقصد یہ بھی تھا! ـــ ڈوگر نے کہا،

" ارے بیٹھو ـــ تم لوگ کھڑے کیوں ہو؟ ـــ میں نے زرخان اور معاذاللہ سے کہا۔ معاذاللہ کوئٹہ ہی کا رہنے والا تھا، ہماری ہی یونیورسٹی سے اکنامکس میں ایم اے کیا تھا اور اس وقت ہم دونوں ایک ہی محکمے میں کام کر رہے تھے۔

"ہمیں معاذاللہ کا تو علم تھا اس وجہ سے سیدھے اس کے گھر چلے گئے ـــ اس کے خط سے معلوم ہوا تھا کہ آپ کو اچھی جاب مل گئی ہے اور کمپیٹیشن پر" زرخان کے لہجے میں خوشی تھی۔

" اچھا یہ بتاؤ سلطان، خاصخیلی، اکبر، ماہتاب وغیرہ کہاں ہیں؟ کیا کر رہے ہیں؟" ـــ میں نے ہیٹر کی آنچ تیز کرتے ہوئے پوچھا:

" نسرین کی خبر ہے ـــ اس کی شادی ہو گئی ہے ـــ اپنے کسی عزیز کے ساتھ۔ سلطان چند ہفتے مجنوں بنا رہا ـــ مگر اب مرض میں افاقہ ہے! ـــ خاصخیلی واپس عمرکوٹ چلا گیا ـــ اکبر ابھی کراچی ہی میں جوتیاں توڑ رہا ہے ـــ اور ماہتاب کا کچھ پتہ نہیں! ـــ ڈوگر نے ایک سانس میں سب کے بارے میں بتا دیا۔

" اب پوچھیے کہ ہم لوگ کیا کر رہے ہیں؟ ـــ زرخان نے کہا:

کر کیا رہے ہو گے کہیں زبردست سرکاری افسر بن چکے ہو گے ـــ تمہارا مستقبل تو تمہارا ڈومیسائل ہے!" ـــ میں نے ہنس کر کہا؛

"یہی تو آپ آج تک نہیں سمجھیں"! ــــــ ڈوگر کے لہجے میں مایوسی تھی۔ میں نے غور سے اس کا چہرہ دیکھا جہاں انتشار کی لکیریں نمایاں تھیں۔ ــــــ

"خیریت ؟ ؟" ــــ میں نے حیرت سے پوچھا۔

"یار ــــ دو سال ہو چکے ہیں مگر کہیں ڈھنگ کی نوکری نہیں ملتی۔ کہیں تجربہ نہیں ہوتا اور کہیں عمر آڑے آجاتی ہے۔ کتنی ایک جگہ سفارش بھی کروائی، مگر بات بنی نہیں"۔ زرخان کے لہجے میں تھکن اتر آئی تھی۔

"تو ۔ ۔ ۔ ۔ تو ۔ ۔ ۔ ۔ ۔ مگر ۔ ۔ ۔ یقین نہیں آرہا"! ــــ میں واقعی حیران تھی۔

"اپنے ساتھ بھی کم و بیش یہی ہوا ــــ پچھلے دنوں تایا کے ایک دوست وزیر ہوگئے ان سے بھی لکھوا کر لے گیا تھا، مگر کچھ بنا نہیں"! ــــ ڈوگر تیز جلتے ہوئے ہیٹر کو دیکھتے ہوئے بولا۔

"آپ کو کیسے اتنی اچھی نوکری مل گئی ؟" ــــ اس نے چند لمحوں کے بعد پوچھا۔

"بتایا تو تھا کہ انٹرویو میں ان کے نمبر سب سے زیادہ تھے"! معاذ اللہ بولا۔

"یار پھر تو ــــ تمہارے صوبے میں آکر کام کرنا چاہیئے۔ کم سے کم قابلیت کی بنیاد پر تو نوکریاں مل جاتی ہیں"! ــــ ڈوگر بولا۔

"ہاں کیوں نہیں ــــ مگر یار تمہارا طبقہ تو شاہانِ وقت کا ہے ــــ کامیابی کی دلیل، کامرانی کی نشانی"! ــــ معاذ اللہ کے مسکراتے ہونٹوں نے تلخی سے کہا اور ایک لمحہ کو کمرے میں سناٹا چھا گیا۔

"اگر شاہانِ وقت ایسے ہوتے ہیں تو میں ابھی صوبہ برداری لکھنے کو تیار ہوں"! ڈوگر کی تیز ہنسی میں عجیب سی بے بسی تھی۔

"تم لوگ تو صوبائیت پر اتر آئے۔ اپنی کچھ بات کرو"! زرخان بولا۔

"اپنی کیا بات کریں ــــ کون سننے والا ہے ؟ ــــ بس اپنے دکھ آپس ہی

میں کہہ کر رہ جاتے ہیں ـــــ لیکن مداوا کون کرے ؟ ؟" ڈوگر نے کہا۔

" کیا یہ کم ہے ؟ ؟" میں بولی۔

" کم تو نہیں لیکن اپنی بات کہنے میں بھی اس وقت مزہ آتا ہے جب ـــــ معاشی طور پر آپ مطمئن ہوں !" ڈوگر دیوار پر لگے کیلنڈر کو غور سے دیکھتا ہوا بولا ـــ

" اچھا یہ بتاؤ کہ خاصخیلی کو کہیں نوکری ملی ؟" ـــــ میں نے گفتگو کا رُخ بدلتے ہوئے کہا۔

" ہاں ـــــ سیکرٹریٹ میں مل گئی تھی ـــــ مگر وہ گیا نہیں ـــــ کہتا ہے کہ اسلام آباد بہت دور ہے !" ـــــ ڈوگر بولا۔

" اِسے کہتے ہیں کفرانِ نعمت !" زرخان بولا۔

" میرا خیال ہے کہ اسے نوکری کی ضرورت نہیں ہے، اچھی خاصی جائیداد ہے، دواؤں کی تین چار دوکانیں ہیں ـــــ نوکری تو ہم آپ جیسوں کی ضرورت ہے !" معاذ اللہ بولا۔

" ٹھیک کہتے ہو ـــ پستے تو ہم لوگ ہیں ـــ جن کے پاس کچھ بھی نہیں !" ڈوگر بولا۔

" کم سے کم کوئی زمین تو تمہاری ہے ـــ کسی جگہ کو تو اپنا کہہ سکتے ہو ـــ کوئی علاقہ، کوئی شہر تمہاری پہچان تو ہے !" میں نے تسلی بھرے لہجہ میں کہا۔

" آپ ابھی تک زمین اور پہچان کے چکر سے نکلی نہیں ہیں۔ آپ یہ کیوں نہیں سوچتیں کہ سوسائٹی میں آپ کا ایک اسٹیٹس بن چکا ہے، چند لوگ آپ کو جانتے ہیں۔ ہم اپنے علاقے سے نکل کر اجنبی بن جاتے ہیں ـــ بالکل اسی طرح ـــــ جیسے کوئی ایک ملک سے نکل کر دوسرے ملک میں تنہا رہ جاتا ہے !" ڈوگر نے طویل سانس بھرتے ہوئے کہا۔

' ارے یہ انقلاب کیسا ؟ ـ تم لوگ تو بہت تڑپا کرتے تھے !" میں نے کہا۔

"اس وقت ہم معاشی طور پر آزاد تھے ـــــ کوئی فکر نہ تھی ـــــ وہ تڑپ اب کہیں جا دبی ہے ـــــ جو زمین صرف ہماری پہچان بن جاتی ہے، ہمیں شناخت دیتی ہے ـــــ مگر ہمیں قبولیت نہیں بخشتی ـــــ جہاں ہمارے پیٹ کا ایندھن دھکتا رہتا ہو ـــــ وہ کسی ناطے سے ہمارا علاقہ ہوا کسی رشتے سے ہماری زمین ہوئی ـــــ ہم اسے کیسے اپنا کہہ سکتے ہیں ؟ ـــــ اور میرا دماغ جیسے گھومنے لگا ـــــ" جب پیٹ بھرا ہو ـــــ جیب میں سکّے ہوں تو پرائے بھی اپنے بن جاتے ہیں ـــــ اور یہ سب نہ ہو تو زمین بھی اپنی نہیں رہتی !" زرخان اٹھتے ہوئے بولا۔

" آپ کا فرسٹریشن ویسا ہی تھا ـــــ جیسے ہماری تڑپ ـــــ آپ ایک کامران انسان ہیں ۔ آپ کے پاس اس وقت وہ سب چیزیں ہیں جو کسی بھی انسان کا افتخار ہے ـــــ یہ معاذ اللہ آپ کو اپنا کہتا ہے ـــــ یہ شہر آپ کو اپنی شناخت جانتا ہے ـــــ یہاں کے دفاتر کے دروازے آپ کے لئے کھلے ہوئے ہیں ـــــ اب بتایئے بے وطن ہم ہیں یا آپ ؟ ؟" ـــــ ڈوگر کے جلتے ہوئے جملے نے جہاں مجھے ایک لمحہ میں زمین سے آسمان پر پہنچا دیا تھا ـــــ وہیں بے وطنی کا شدید احساس، بے زمینی کا کرب ایک بار پھر مجھ پر چھا گیا ـــــ لیکن اس بار یہ بے وطنی اپنی نہیں تھی ـــــ اس بار بے وطنی کے قافلے کے مسافر ڈوگر اور زرخان تھے !!

۱۹۸۵ء اسلام آباد

آگ

"سر سید نگر چلنا ہے!" کلاوتی نے ایک موڑ پر رکشہ والے سے کہا اور میں چونک پڑی۔

"کیا سوچ رہی ہو!" اس نے میری طرف دیکھتے ہوئے پوچھا۔

"کچھ نہیں ــــ یہاں دلی کے مقابلہ میں ٹھنڈ کافی ہے!" ــــ میں نے ابرآلود موسم کو دیکھتے ہوئے کہا۔

"ہاں ــ شاید رات بھر بارش ہوتی رہی ہے!" ــــ اس نے رکشہ کے دھچکوں سے سنبھلتے ہوئے کہا۔

"کس قدر خاموشی ہے ــــ کس قدر سناٹا ہے!" ــــ میں بڑبڑائی۔

"جناب ہندوستان میں زندگی اب بھی سائیکل رکشوں پر سفر کر رہی ہے!" ــــ کلاوتی زور سے ہنس کر بولی۔

اس سے میری ملاقات چند گھنٹے پہلے ٹرین میں ہوئی تھی۔ وہ مسلم یونیورسٹی میں ڈاکٹریٹ کر رہی تھی اور میں یہاں اپنے والد کی ایک خالہ زاد بہن خاور جہاں سے ملنے آئی تھی۔ کلاوتی ان کو جانتی تھی۔ کالج میں ان کی شاگرد رہ چکی تھی۔

"تم یہاں کتنے دن رہو گی؟" ــــ اس نے پوچھا۔

"بس پانچ چھ دن ــــ اس کے بعد دلی ــــ اور دلی سے لاہور!" ــــ

میں نے سائیکلوں پر آتے جاتے لڑکے لڑکیوں کو دیکھتے ہوئے کہا۔

"آگرہ ضرور جانا!" ـــــ اس نے تاکید کی۔

"ہاں ـــــ ویزا لے کر آئی ہوں!" ـــــ میں نے اونی مفلر اچھی طرح لپیٹتے ہوئے کہا۔

اب ہم ایک صاف ستھرے علاقے میں داخل ہو چکے تھے یہ رہائشی علاقہ تھا۔

"بس ـــــ بس یہاں روک لو!" کلاوتی نے ایک گھر کے سامنے رکشہ رکواتے ہوئے کہا۔

"بس یہ سامان اتار کر اندر لے آؤ ـــــ اور مجھے عبداللہ ہال جانا ہے!" اس نے میرے سامان کی طرف اشارہ کرتے ہوئے ہدایت دی اور رکشہ والا سعادت مندی سے احکام کی تعمیل میں لگ گیا۔

کافی دیر گھنٹی بجنے کے بعد دروازہ کھلا ـــــ ایک ادھیڑ عمر کی خوبصورت نکھری نکھری خاتون نے دروازہ کھولا۔

"ارے کلا ـــــ کہاں رہیں اتنے دنوں؟" ـــــ انہوں نے کلاوتی کو گلے لگاتے ہوئے اجنبی نظریں مجھ پر ڈالتے ہوئے پوچھا۔

"وہ ـــــ خاور آپا، بنارس چلی گئی تھی ماتا جی نے بلایا تھا۔ پھر دلی رک گئی ماما کے بیٹے کی شادی تھی ـــــ اور دلّی سے یہ آپ کی ایک مہمان مل گئیں!" اس نے میرا ہاتھ پکڑ کر سامنے کرتے ہوئے کہا۔ ان کی آنکھوں میں اجنبیت تھی ـــــ وہ مجھے دیکھ رہی تھیں جیسے پہچاننے کی کوشش کر رہی ہوں۔

"میں وجاہت علی کی بیٹی ماریا ہوں!" ـــــ میں نے آگے بڑھ کر اپنا تعارف کرایا اور انہوں نے لپک کر مجھے اپنی بانہوں میں بھر لیا۔

"ارے میری بچی ـــــ اتنی بڑی ہو گئی ـــــ کیسا کیسا نہ تڑپی تجھے دیکھنے

کو.... میں تو..... سوچ بھی نہیں..... سکتی تھی..... کہ اپنی پھپھو سے ملنے
.....تو خود آ جا.... ئے..... گی.....! وہ ہچکیوں اور سسکیوں سے
رو رہی تھیں۔ ان کی تڑپ اور محبت نے میرے اندر چھپے ہوئے خدشوں کے جمود کو
خس و خاشاک کی طرح بہا دیا اور اب میں بھی ان کے ساتھ سسک رہی تھی!"

"تم بھی کیا کہو گی کہ خوب استقبال کیا پھپھو نے!" ــــــ کافی دیر بعد وہ سنبھلیں
تو مجھے اپنے سے الگ کرتے ہوئے بولیں۔

"اچھا خاور آپا ــــــ میں چلتی ہوں!" ــــــ کلاوتی نے اجازت چاہی۔

"سفر سے آئی ہو ــــــ چائے وغیرہ پی کر جانا" ــــــ انہوں نے کلاوتی کی
پیٹھ پر شفقت سے ہاتھ پھیرتے ہوئے کہا۔

"نہیں سامان رکشہ میں رکھا ہے ــــــ ایک دو دن میں آؤں گی!" اس نے کہا
اور آداب کر کے چلی گئی۔

میں باورچی خانے میں بیٹھی مٹر چھیل رہی تھی ــــــ خاور پھپھو کھانا پکا
رہی تھیں اور ساتھ ساتھ سارے خاندان کی باتیں بھی بتاتی جا رہی تھیں، کون کہاں
چلا گیا، کون لوگ ختم ہو گئے، کتنے علی گڑھ میں باقی رہ گئے۔

"پھپھو ــــــ آپ کبھی پاکستان نہیں آئیں؟" میں نے چھلی ہوئی مٹر کی تھالی
انہیں دیتے ہوئے پوچھا۔ پتیلی میں ڈوئی چلاتے چلاتے ایک لمحہ کو ان کا ہاتھ جیسے
رک گیا۔

"ہاں بیٹا ــــــ شاید یہ میری قسمت میں نہیں تھا ــــــ جتنی بار ارادہ کیا کچھ نہ
کچھ گڑبڑ ہو گئی ــــــ تمہاری پیدائش پر آنے کا پورا ارادہ تھا مگر انہی دنوں میری بڑی بہن
کا انتقال ہو گیا۔ تمہارے چھوٹے چچا شباہت کی شادی پر آنے کا سوچا تو جنگ
چھڑ گئی ــــــ اس کے بعد امی ابا اللہ کو پیارے ہو گئے اور پھر تو میرا نکلنا ناممکن

ہو گیا!" ـــــ انہوں نے ایک طویل سانس لیتے ہوئے کہا۔

" تو کیا یہ سارا عرصہ آپ نے اکیلے ہی گزار دیا؟" ـــــ میں نے دکھ اور حیرت سے پوچھا۔

" ہاں ـــــ مگر عاکف کی ذمہ داری نے احساس نہیں ہونے دیا!" ـــــ انہوں نے پتیلی کو ڈھکن سے بند کرتے ہوئے کہا۔

" یہ عاکف کون؟" ـــــ میں نے سر اٹھا کر پوچھا۔

" میں نے بتایا نا کہ میری بڑی بہن کا انتقال ہو گیا تھا ـــــ اس وقت عاکف چار برس کا تھا ـــــ بہنوئی نے چند ماہ بعد دوسری شادی کر لی اور عاکف کو میں نے گود لے لیا۔ آجکل تو یہاں یونیورسٹی میں پڑھ رہا ہے ـــــ کسی کام سے کانپور گیا ہوا ہے ـــــ کل صبح آئے گا تو ملنا!" ـــــ انہوں نے چولہا بند کرتے ہوئے کہا۔ رات کھانے کے بعد میں ان کی مسہری پر نیم دراز پرانی تصویریں دیکھ رہی تھی، ابو کی طالب علمی کے زمانے کی تصاویر، پھپھو کی نوجوانی کی تصویریں، میرے بچپن کی تصویریں۔

" پھپھو ـــــ جوانی میں تو آپ غضب کی حسین تھیں!" ـــــ میں نے ان کی ایک تصویر اشتیاق سے دیکھتے ہوئے کہا اور وہ ہولے سے مسکرا دیں۔

" واہ! مزہ آگیا تصویریں دیکھ کر ـــــ آپ نے تو میرا بچپن تک محفوظ کر لیا!" میں آرام سے تکیے پر سر رکھتے ہوئے بولی۔ انہوں نے تمام تصاویر جمع کر کے لکڑی کے ایک صندوق میں رکھ دیں اور میرے ساتھ ہی لیٹ گئیں ـــــ وہ ہولے ہولے باتیں کرتی رہیں اور میرے بالوں میں اپنی نرم نرم انگلیوں سے کنگھا کرتی رہیں اور میں نیند کی وادیوں میں اترتی چلی گئی۔

" پھپھو..... آپ..... بالکل..... میری..... امی..... کی..... طرح..... ہیں..... وہ..... بھی..... ایسے ہی..... رات میں مجھے سلاتی ہیں!"

میں نے بمشکل آنکھیں کھول کر کہا۔

"ہاں میری جان میں تیری ماں ہی تو ہوں!" ان کی آواز کے ارتعاش کو میں نے نیند کا دھوکا سمجھا اور جانے کس وقت سو گئی۔

" ارے آہستہ بول ـــــ ابھی وہ سو رہی ہے! تیری تو نہ جانے کیا عادت ہے شور مچاتا ہوا گھر میں داخل ہوتا ہے!" پھپھو کی پیار بھری سرزنش سے میری آنکھ کھل گئی تھی۔

"گیارہ بج رہے ہیں ـــــ کیا رت جگا کر رہی ہیں آپ لوگ؟" ایک گھمبیر مردانہ آواز نے کہا ـــــ یہ یقیناً عاکف تھے۔

"آواز تو اچھی ہے!" ـــــ میں نے مسکرا کر سوچا اور جسم سے اُترا ہوا لحاف گردن تک کھینچ لیا۔

"ہاں ـــــ رات خاصی دیر میں سوئے ہم لوگ!" ان کی آواز آئی۔

"ہوں ـــــ جب ہی آپ آج کالج نہیں گئیں!" مردانہ آواز ہنسی۔

"نہیں جاگ تو میں اپنے وقت پر گئی تھی ـــــ کالج سے ہفتہ بھر کی چھٹی لے لی ہے۔ جب تک ماریا یہاں ہے کوئی کام نہیں کروں گی!" ـــــ ان کی آواز کی ممتا نے جانے کیوں مجھے آبدیدہ کر دیا۔

" خالہ جان! میں آپ کی محبت میں کسی کی شراکت برداشت نہیں کر سکتا ـــــ واہ ـــــ کل کی آئیں اور میری خالہ پر قبضہ جمالیا" ـــــ آواز نے احتجاج کیا۔

"اچھا چل ـــــ تیری اپنی جگہ ہے اس کا اپنا مقام!" ـــــ پھپھو ہنس کر بولیں۔

" کیسا مقام اور کونسی . . . . . ."

" بیکار کی حجت بازی نہ کر مجھ سے ـــــ اور ہاں سن ـــــ تو بھی چند دنوں کی چھٹی لے لے ـــــ آخر ماریا کو گھمانا پھرانا ہوگا، عزیزوں سے ملوانا ہوگا" ـــــ پھپھو نے بات کاٹ کر ہدایت دی۔

"ارے آپ یہ سب کام کریںگے تو میں کہاں ٹانگے پھروں گا!"۔۔۔ آواز میں اکتاہٹ تھی اور میں کھلکھلا کر رہ گئی۔

"ٹھیک ہے تو مختار ہے!" ان کی آواز مدھم پڑ گئی۔

"ارے واہ خالہ جان!۔۔۔ آپ تو سنجیدہ ہو گئیں۔۔۔ میں تو مذاق کر رہا تھا۔۔۔ بس ابھی گیا ڈیپارٹمنٹ اور چھٹی لے کر آیا۔۔۔" آواز نے خوش دلی سے کہا۔

"اچھا جا۔۔۔ جلدی سے!" پھپھو کھلکھلائیں۔

"میرے خیال میں خالہ جان آپ رکشے سے چلی جائیے۔۔۔ میں اور ماریا پیدل مارچ کرتے ہوئے آتے ہیں!"۔۔۔ ہم پھپھو کے ایک ملنے والی کے گھر سے نکلے تو عاکف نے تجویز پیش کی۔۔۔ انہوں نے ایک لمحہ کو ہمیں سنجیدہ نظروں سے دیکھا پھر اپنی مخصوص مشفقانہ مسکراہٹ سے بولیں:

"ٹھیک ہے۔۔۔ ماریا کو کالونی بھی دکھا دینا!" اور عاکف کے سہارے سواری پر بیٹھ گئیں۔۔۔ ہم نے دوسرا رکشہ واپس کر دیا۔

"کیا بات ہے۔۔۔ بہت سست رفتار ہوتے ہیں پاکستانی!"۔۔۔ چلتے چلتے اچانک عاکف نے کہا۔

"ہمارے ہاں زندگی اتنی تیز رفتار ہے کہ یہاں کا سکون بہت اجنبی لگ رہا ہے"۔۔۔ میں نے سرد موسم کی ٹھنڈ کو اپنے وجود میں اتارتے ہوئے کہا۔

"اگر اتنا ہی سکون ہے تو رہ جاؤ یہیں"۔ انہوں نے مسکرا کر کہا۔

"اونہوں۔۔۔ ہم لوگ تیز رفتاری کے اتنے عادی ہو چکے ہیں کہ یہ سکون ہمارے اعصاب کو تھکا دے گا!"۔۔۔ میں نے کہا۔

"گویا تمہارے معنوں میں ہمارا شہر سست رفتار ہے!"۔۔۔ وہ بولے۔

"بہت سست!"۔۔۔ میں ہنسی

"اچھا ماریا ! یہ بتاؤ اگر میں پاکستان آؤں تو کہاں ٹھہراؤ گی ؟"۔۔۔ کچھ دیر بعد انہوں نے کہا۔
"آپ کہاں ٹھہرنا چاہتے ہیں ؟" میں نے ان کی آنکھوں میں دیکھتے ہوئے پوچھا۔
"کسی بہت ہی اچھی سی جگہ !"۔۔۔ ان کی آواز میں بہت کچھ کا احساس ہوا۔
"ہوں ۔۔۔ یوں تو ہمارے ہاں ہوٹل، موٹیل، سرائے وغیرہ سب ہی ہیں مگر۔۔۔"
"مگر کیا ؟ ؟"۔۔۔ انہوں نے بے تابی سے میری بات کاٹ کر پوچھا۔
"مگر یہ کہ اسٹیشنوں پر پندرہ روپے فی چارپائی رات بھر کے لئے مل جاتی ہے کھٹمل مچھروں کی سنگت میں بدبودار بستر پر خوب مزہ آئے گا ۔۔۔ ہوٹل فیل کریں گے آپ !" میں نے ہنسی دباتے ہوئے کہا۔۔۔ اور عاکف کا ایک جاندار قہقہہ فضا میں گونج گیا۔
"تم نے میری بات کا جواب نہیں دیا ؟"۔۔۔ ایک موڑ مڑتے ہوئے پھر انہوں نے پوچھا۔۔۔
"کون سی بات ؟"۔۔۔ میں جو اپنے خیالوں میں کھوئی ہوئی تھی چونک پڑی۔
"ارے وہی ۔ ۔ ۔ ۔ ۔ "
"اوہ۔۔۔ وہ ٹھہرنے والی بات !" میں نے ان کی بات کاٹتے ہوئے مسکرا کر پوچھا۔۔۔
"بالکل !"۔۔۔ وہ چہکے۔
"ارے پارٹنر !۔۔۔ پریشانی کی کیا بات ہے ۔۔۔ میرے گھر میں رہیئے گا بلکہ میرے کمرے میں !"۔۔۔ میں نے کہتے ہوئے بے اختیاری میں ان کا ہاتھ پکڑ لیا اور وہ ایک لمحہ کو ٹھٹک کر رہ گئے۔
"ارے ؟ ؟ ۔۔۔ کیا ہوا ؟" میں نے حیرت سے پوچھا۔
"کک ۔ ۔ ۔ ۔ کچھ نہیں !"۔۔۔ وہ ہکلائے
"اوہ ۔۔۔ اچھا !۔۔۔" میں نے ہنستے ہوئے ان کا ہاتھ چھوڑ دیا۔

"ہاں تو اگر میں تمہارے کمرے میں رہ پڑا تو تم تو کمرہ بدر ہو جاؤ گی !" ___ تھوڑی دیر بعد وہ پھر بولے ___ میں مسکرا اٹھی۔

"کمرہ بدر کیوں ؟ ___ میں بھی وہیں رہوں گی !" ___ میں نے رسانیت سے کہا۔

"تت . . . . . تم !" ان کی حیرت میں ڈوبی ہوئی آواز رک گئی۔

"تو کیا ہوا ؟ آخر کو آپ میرے کزن ہیں کوئی غیر تو نہیں !" ___ میں نے ان کی گھبراہٹ سے لطف اندوز ہوتے ہوئے کہا اور وہ خاموش ہو گئے۔

"ماریا ! ___ اگر سردی لگ رہی ہو تو میرا کوٹ لے لو !" ___ کافی دیر کی خاموشی کے بعد انہوں نے پھر کہا۔

"ارے نہیں ___ اچھی سنگت میں آدمی سرد دنیاوی معاملات سے بیگانہ ہو جاتا ہے" میں نے کہا ___ اور پھر گھر تک وہ کسی گہری سوچ میں ڈوبے رہے۔ ہم گھر پہنچے تو پھپھو ایک خوبصورت سی لڑکی کے ساتھ کھانے کی میز پر برتن لگوا رہی تھیں۔

"کہو مزہ آیا ؟ کیسی لگی کالونی ؟" ___ انہوں نے باورچی خانے کی طرف جاتے ہوئے پوچھا۔

" بہت اچھی ___ صاف ستھری یونیورسٹی کالونی ہے۔ کافی مزہ آیا !" ___ میں نے ان کے ساتھ چلتے ہوئے کہا۔

" تارہ ___ یہ ہے ماریا میری بھتیجی اور ماریا یہ تارہ ہے عاکف کی پھپھو زاد بہن ___ یہاں کالج میں پڑھ رہی ہے ___ !" پھپھو نے ہم دونوں کا تعارف کرایا ___ اور وہ مسکرا دی۔ ہم سب کھانے کی میز کے گرد بیٹھ چکے تھے۔

"تارہ جاؤ بیٹا عاکف کو بلا لاؤ کتنی دیر لگائے گا کپڑے بدلنے میں !" ___ پھپھو نے تارہ سے کہا اور وہ مستعدی سے اٹھ گئی۔ عاکف کا کمرہ میرے عین سامنے تھوڑا سا بائیں طرف تھا۔ تارہ نے آہستہ سے بند دروازے پر دستک دی۔

"آ رہا ہوں !" اندر سے ان کی آواز آئی۔ چند لمحے انتظار کے بعد تارہ نے زور زور سے دروازہ پیٹنا شروع کر دیا۔

"اوہو !___ بس کرو۔۔۔۔۔۔ ما۔۔۔۔۔" کھلے دروازے میں کھڑے عاکف خاموش ہو گئے۔

"میں ماریا نہیں تارہ ہوں۔" اس نے آہستہ سے کہا اور مڑ کر کھانے کی میز کی طرف چلی آئی ___ اور میں مسکرا دی۔

"کمال ہے ___ میں تو سمجھا تھا ماریا ہے جو اتنی زور سے دروازہ پیٹ رہی ہے ___ ہماری لڑکیوں کا یہ شیوہ تو نہیں کہ آندھی طوفان کی رفتار سے چلنا شروع کر دیں!" کرسی گھسیٹتے ہوئے عاکف ہنس کر بولے ___ میں نے تارہ کی طرف دیکھا چند لمحے پہلے کی سنجیدگی کی جگہ اب اس کے چہرے پر اطمینان تھا۔

"جناب جب طوفان آتا ہے تو خس و خاشاک کی طرح مضبوط سے مضبوط چیزوں کو بہائے جاتا ہے !" ___ میں نے معنی خیز جملہ کہا۔

"طوفانوں پہ بند باندھنا ہمیں بھی آتا ہے !" عاکف نے سالن طشتری میں نکالتے ہوئے کہا۔

"خیر اس کا فیصلہ تو وقت کرے گا !" میں ہنسی۔

"وقت تو۔۔۔۔۔۔"

"اچھا اسے کھانا تو کھانے دے تُو تو بحث شروع کر دیتا ہے !" ___ وہ جانے کیا کہنا چاہ رہے تھے کہ پھپھو کی مداخلت نے خاموش کر دیا۔

میں بس کے شیشے سے منہ چپکائے باہر کی طرف دیکھ رہی تھی ___ پھپھو میرے برابر بیٹھی تھیں ___ عاکف سامنے والی نشست پہ ___ ایک بار انہوں نے سر گھما کر دیکھا۔

"بہت غور ہو ؟"۔۔۔۔۔۔ وہ مسکرائے۔

"آں ۔۔۔۔ ہاں آپ کا ہندوستان دیکھ رہی ہوں!"۔۔۔۔ میں نے باہر کی طرف دیکھتے ہوئے کہا۔۔۔ ہم لوگ دوویوم کے لئے آگرہ جارہے تھے۔ پاکستان کے بہت کم علاقے ایسے ہیں جو میں نے نہیں دیکھے ۔۔۔۔ لیکن جتنی غربت مجھے یہاں نظر آرہی تھی وہ پاکستان میں مفقود تھی۔۔۔ اپنے ہاں غریب سے غریب آدمی ننگے بدن ننگے پیر نظر نہیں آتے گا اور یہاں ۔۔۔۔۔ مردوں کے پاس لنگی تھی تو بنیان ندارد ۔۔۔۔۔عورتیں اگر پیوند لگی ساڑھیاں پہنے نظر آئیں تو اکثر کے بلاؤز غائب ۔۔۔۔ بلاؤز پورا ہے تو ساڑھی کے نام پر جسم سے بندھا ہوا کپڑا بدن کو ڈھانکنے کی کوششِ ناتمام میں مصروف ۔۔۔۔ اور نہ جانے کیا کیا سوچتے میری آنکھ جھپک گئی۔

"چلو بہن جی اترو!"۔ایک آواز سے میں چونک پڑی۔۔۔۔ بس کا اڈہ آچکا تھا!

۔۔۔۔۔ اس روز سارا دن فتح پور سیکری میں رہنے کے بعد شام چھ بجے ہم تھکے ہارے ہوٹل پہنچے۔

" واقعی پھپھو کیا شاندار نشانات ہیں ماضی کے!" میں نے بستر پر ڈھیر ہوتے ہوئے کہا۔

"ہاں بیٹا۔۔۔۔ اب تو صرف ماضی کے نقش ہی رہ گئے ہیں" وہ آرام سے کرسی پر بیٹھتے ہوئے بولیں۔

"مگر۔۔۔۔ غربت بھی بہت ہے!"۔۔۔ میں نے کہا۔

"ہاں ۔۔۔۔ بڑا ملک ہے نا ۔۔۔ آبادی زیادہ ہے اور منصوبہ بندی نامناسب" غربت تو ہونا ہی ہے!"۔۔۔۔ خالہ جو ایک طرف آنکھیں موندے کرسی سے پشت ٹکائے بیٹھے تھے ۔۔۔۔ بول اٹھے۔

"مجھے یہاں آکر احساس ہوا کہ ہندوستان میں مسلمانوں کا کوئی خاص مستقبل نہیں

ہے !" میں نے عاکف کی طرف کروٹ لیتے ہوئے کہا۔

"ارے نہیں — جو پڑھے گا لکھے گا — وہ ہر جگہ اپنا مقام بنالے گا — اصل چیز محنت ہے !" پھپھو اٹھ کر غسلخانے کی طرف جاتے ہوئے بولیں۔

" عاکف ! چائے تو منگوا لیجئے — بہت تھکن ہو رہی ہے !" میں نے نیم وا آنکھوں سے عاکف کی طرف دیکھتے ہوئے کہا۔

" تم تھوڑی دیر کے لئے سو جاؤ — تازہ دم ہو جاؤ گی۔ جب اٹھو گی تو پھر چلیں گے تاج دیکھنے !" — ان کی نگاہوں کا والہانہ پن مجھ سے چھپا نہ رہ سکا۔

" اس وقت ؟ ؟ — کل تو گئے تھے !" میں نے گردن اٹھا کر کہا۔

" چاندنی میں تاج کا نظارہ کچھ اور ہی ہوتا ہے — گھپ اندھیرے میں جب چاند کی روشنی اس عظیم الشان عمارت پر پڑتی ہے تو سفید سنگِ مرمر جیسے بولنے لگتا ہے — اور آدمی — اس کے حسن میں گم ہو کے رہ جاتا ہے !" — ان کے لہجے میں نشہ تھا۔

" ایسی بات ؟ ؟ تو لیجئے میں ہو گئی تازہ دم !" — میں نے ایک دم بیٹھتے ہوئے کہا اور ان کے لبوں پر ایک دل موہ لینے والی مسکراہٹ تھرک کر میرے اندر جیسے اتر سی گئی۔

" کیا ہوا ؟" — وہ مجھے اپنی طرف دیکھتا پا کر بولے۔

" کچھ نہیں — وہ منگوا لیئے !" میں نے فون کی طرف اشارہ کیا۔

" اوہ چائے !" — وہ ایکدم ہنس پڑے اور ریسور اٹھا لیا۔

ہم دونوں کے بے حد اصرار کے باوجود پھپھو نے ساتھ جانے سے انکار کر دیا۔ ان کے پاؤں میں درد تھا۔

" مگر پھپھو — آپ کو اکیلا نہیں چھوڑوں گی !" میں نے ضد کی۔

"ارے بیٹا ـــــ میرا کیا ہے ـــــ تم چلی جاؤ ـــــ کون سا روز روز آؤ گی اور پھر اتنی عمر اکیلے گزار دی ـــــ اب میرے لئے کوئی فرق نہیں پڑتا!" ـــــ انہوں نے بظاہر مسکرا کر بہت بڑی اذیت کا اظہار کر دیا تھا۔

رات کے دس بج رہے تھے ہم دونوں چاند کی روشنی میں نہاتے ہوتے تاج محل کے سامنے کھڑے تھے۔

"ماریا تم ٹھیک کہہ رہی تھیں ـــــ یہاں ہمارا کوئی مستقبل نہیں ہے ـــــ"

ـــــ وہیں ایک جگہ زمین پر بیٹھتے ہوئے عاکف نے سوچ سے لبریز لہجے میں کہا۔

"تو ـــــ کہاں ہے مستقبل؟" ـــــ میں نے ان پر جھک کر پوچھا ـــــ وہ چند لمحے میری آنکھوں میں دیکھتے رہے پھر مسکرا کر بولے۔

"پاکستان میں!" ـــــ

"تو چلئے ـــــ انتظار کا ہے کا ہے؟" ـــــ میں نے ہاتھ بڑھاتے ہوئے کہا۔ وہ میرے ہاتھ کا سہارا لے کر کھڑے ہو گئے۔ ہم نہ جانے کب تک اس حسین منظر کو اپنی روحوں میں اتارتے رہے۔

"ماریا!" ـــــ ان کی گھمبیر آواز نے پکارا۔

"جی!" ـــــ میری بے خودی نے جواب دیا۔

"کچھ بولو نا!" ـــــ وہ میرے سراپے پہ نظریں دوڑاتے ہوئے بولے۔

"کیا بولوں عاکف!" اور میں خاموش ہو گئی۔ اس ماحول اور انوکھے حسن میں میں جیسے گم ہو کر رہ گئی ـــــ مبہوت تھی ـــــ بس ایک بے خودی کے عالم میں عاکف کے ہمرکاب تھی۔

"یہ دیکھو ـــــ یہاں کبھی دریا اس تاج کے قدم چومتا تھا ـــــ اب تو وقت کے دھارے نے ان کے درمیان ایک خشک سی خلیج حائل کر دی ہے!"۔ انہوں نے

ایک طرف اشارہ کرتے ہوئے کہا۔

"ہاں ـــــ وقت بہنوں کو دور کر دیتا ہے ـ" ان کی بات سن کر میرا لہجہ جانے کیوں کپکپا گیا تھا۔

" اور ـــــ کبھی انجانوں کو مِلا بھی دیتا ہے ـ" ان کے لفظوں نے یقین دلایا۔

"پتہ نہیں!" ـــــ میں نے مبہم سا جواب دیا اور پھر خاموش ہوگئی۔

" جب پورا چاند دریا کی لہروں پر ہلکورے لیتا ہے . . . . . ." "تو معلوم ہے اس وقت ایک شاہجہاں اور ممتاز محل جنم لیتے ہیں!" ـــــ عاکف کے سرشار لفظوں نے میرے ادھورے جملے کی تکمیل کردی، میں مڑی ـــــ وہ میرے عین سامنے کھڑے تھے ـــــ ہم دونوں ایک دوسرے میں کھوئے ہوئے تھے ـــــ شاید ممتاز محل اور شاہ جہاں کی روحیں ہم میں سما چکی تھیں۔

"تم نے ماریا ـــــ تم نے کبھی کسی کو چاہا ہے؟" ـــــ ان کی بے خود نظروں نے بہ مشکل لفظوں کو سہارا دیا ـــــ اور میں جانے کیسے اچانک ہی ان کے بھرے بھرے وجود میں سما گئی۔

" ماریا! میری روح مجھے معلوم نہیں تھا کہ محبت اس طرح اچانک ہی انسان کو بے بس کردیتی ہے ـــــ میں بہت جلد پاکستان آؤں گا ـــــ بہت جلد میری جان اور پھر ـــــ" اور وہ جانے کیا کیا کہتے رہے ـــــ مجھے تو بس ایک نرم مگر مضبوط ہاتھ کا لمس یاد رہ گیا جو مسلسل میری پیٹھ پر، کمر پہ، میری روح پر، میرے وجود پر ـــــ نرم روی سے اپنی محبت کی داستان تحریر کر رہا تھا۔

رات کا جانے کون سا پہر تھا ـــــ نیند آنکھوں سے کوسوں دور تھی۔ بس ایک عجیب سا سرور رگ وپے پر طاری تھا ـــــ میں آنکھیں موندے اسی بہاؤ میں بہہ رہی تھی ـــــ کہ اچانک گہری نیند سوئی ہوئی پھپھو نے کروٹ لی ـــــ میں

چونک پڑی ـــــ وہ کچھ کہہ رہی تھیں ، میں اٹھ کر ان کی مسہری کے قریب گئی وہ نیند میں بڑبڑا رہی تھیں ـــــ اور مجھے ایسا محسوس ہوا جیسے کسی نے میری روح جسم سے کھینچ لی ہو ۔

آگرے کا دو دن کا سفر میری زندگی کا یادگار سفر تھا ـــــ اس سفر میں میں نے بہت کچھ پالیا تھا مگر حصول کے اس نشہ میں جیسے کہیں کوئی پھانس اٹک سی گئی تھی۔ ہم رات ہی آگرے سے آئے تھے ـــــ صبح ہوتے جاتے کتنی دیر ہو چکی تھی۔ مگر میں شاید نیند میں ہی تھی کہ پھپھو کی تیز آواز نے مجھے گویا جھنجھوڑ دیا ـــــ وہ ورانڈے ہی میں بیٹھی تھیں ۔

" تیرے مستقبل کو یہاں کون سا گھن لگ رہا ہے جو تو نے پاکستان جانے کا سوچا ؟" ان کی آواز برچھے کی مانند میرے کانوں میں اترتی چلی گئی ۔

" بس خالہ جان میں یہاں سے نکلنا چاہتا ہوں ! ـــــ اکتا گیا ہوں یکسانیت کی اس زندگی سے !" عاکف کی متین آواز نے مجھے سہارا دیا۔

" ہندوستان بہت بڑا ملک ہے ، کلکتہ چلے جاؤ ، دلّی چلے جاؤ۔ مگر یہ پاکستان جانے کی کیا سوجھی ؟" ان کی آواز میں ہلکا سا غصہ تھا ۔

" خالہ جان ! ـــــ میں آپ کو چھوڑ کر نہیں جاؤں گا۔ آپ میرے ساتھ چلیں گی!" عاکف نے دھیمے لہجے میں کہا۔

" بے وقوفی کی باتیں مت کر !" پھپھو نے جھڑکا ۔

" آخر ایسا کون سا طوفان کھڑا ہو گیا ہے ـــــ ایک خواہش ہی کا تو اظہار کیا ہے !" ان کے لہجے میں جھلاہٹ تھی۔

" بیٹا ـــــ تم جسے خواہش کہہ رہے ہو ـــــ وہ صرف خواہش نہیں ہے ، بہت بڑا المیہ ہو گا !" ـــــ پھپھو کے لہجے میں سنجیدگی تھی۔

"آپ سمجھتی کیوں نہیں ہیں ؟" ـــــ عاکف کے لہجے میں تیزی آگئی تھی۔
"سمجھ ہی تو رہی ہوں ـــ جبھی تو کہہ رہی ہوں !" پھپھو کی آواز میں فیصلہ کن ٹھہراؤ تھا۔

"خالہ جان ۔ ۔ ۔ ۔ ۔"

"دیکھ عاکف تجھے جانا ہے تو شوق سے جا ـــــ مگر میں رتی بھر یہاں سے نہیں ہلوں گی"۔ ان کی آواز کمرے کے قریب سے آتی سنائی دی اور میں نے جھٹ آنکھیں موند لیں ـــــ عاکف بڑبڑاتے ہوئے وہاں سے چلے گئے۔

"کیا بات ہے کیوں اسقدر سناٹے چھائے ہوئے ہیں آپ پر ؟" شام عاکف کے ساتھ میں پولیس اسٹیشن پر خروج کا اندراج کراکے آرہی تھی کہ خاموش عاکف سے پوچھا۔

"کچھ نہیں ـــــ یونہی !" انہوں نے مبہم لہجہ میں کہا۔

"دیکھیئے عاکف مجھ میں ہر اچھی بات سننے اور سہنے کی طاقت ہے ـــ کہہ ڈالیئے جو کچھ آپ کو پریشان کر رہا ہے !" ـــ میں نے ان کی طرف دیکھتے ہوئے مضبوط لہجہ میں کہا۔

"جب تم سمجھتی ہو تو پوچھ کیوں رہی ہو ؟" ان کے لہجہ کی سنجیدگی ہنوز برقرار تھی۔

"اوہ ـــ کہاں اُدھر رش میں جا رہی ہو ـــ ادھر آکر بیٹھو !" انہوں نے جھلاتے ہوئے کہا اور رُکتے ہوئے رکشہ پر میں ان کے ہاتھوں کا سہارا لے کر بیٹھ گئی۔
شام کے چھ بج رہے تھے ٹھنڈ اور اندھیرا بڑھ چکا تھا مگر لوگوں کا ہجوم کم نہیں ہوا تھا ـــ ـــ اچانک میری نظر عاکف پر پڑی ـــ اس سردی میں ایک قمیض اور پتلون میں ایسے بیٹھے تھے گویا گرمیوں کی کوئی سہانی شام ہو۔

"ارے آپ نے کوئی سویٹر نہیں پہنا۔ اتنی تو سردی ہے !" ـــ میں نے

ان کی طرف دیکھتے ہوئے کہا۔

"اندر کی آگ اتنی تیز ہے کہ باہر کی ٹھنڈ کا اثر نہیں ہو رہا ہے ابّا" وہ بڑبڑاتے۔

"آخر بات کیا ہے جو اوندھی سیدھی ہانکے جا رہے ہیں؟" میں نے جھنجھلا کر کہا۔

"ماریا ـــــ ناراض نہ ہو ـــــ میں بتاؤں گا ـــــ ضرور بتاؤں گا!" ـــــ انہوں نے میرے دونوں ہاتھ اپنے مضبوط ہاتھوں میں لیتے ہوئے کہا ـــــ پھر آہستہ آہستہ صبح کی تمام باتیں گوش گذار کر دیں۔

"تو اس میں پریشان ہونے کی کیا بات ہے؟ اگر پھپھو نہیں چاہتیں تو مت جایئے!" ـــــ میں نے رسانیت سے کہا۔

"لک ..... کیا ..... ؟" اور ان کی زبان جیسے گنگ ہو کر رہ گئی۔

"ہاں عاکف ـــــ انسانیت اور محبت کا یہی تقاضہ ہے کہ آپ ان کی بات نہ ٹالیئے" ـــــ باوجود کوشش کے میری آواز میں آنسو اتر آئے تھے۔

"ماریا پلیز! ـــــ میں ویسے ہی پریشان ہوں ـــــ تم ـــــ تم ـــــ خدا کے لئے" ـــــ اور وہ رک گئے۔

"ماریا کیا یہ نہیں ہو سکتا کہ تم ـــــ یہاں رک جاؤ ـــــ پھر کچھ عرصہ بعد ہم پاکستان چلے چلیں گے!" انہوں نے میرے ہاتھ سہلاتے ہوئے خوشامد بھرے لہجے میں کہا ـــــ اور مجھے آگرہ کی وہ مدہوش رات یاد آگئی جب میں بے خودی کے عالم میں اپنی مسہری پر بے سُدھ پڑی تھی اور پھپھو سوتے میں بڑبڑا رہی تھیں۔

"میری بچی ـــــ میری روح ـــــ میں ـــــ کاش میں تیری ـــــ خواہش پوری ـــــ مگر تارہ کا کیا ـــــ مگر تارہ کا ـــــ تارہ کا ـــــ اب میں کسی کو کسی کے انتظار ......" اور اس کے بعد ان کی آواز نیند کے سمندر میں ڈوب گئی تھی۔

میں بہت کچھ سمجھ چکی تھی مگر خاموش تھی ـــــ میرے ذہن میں بہت سی باتیں گھوم رہی تھیں۔

"نہیں ـــــ میں ہندوستان میں نہیں رہ سکتی!" ـــــ میں نے اچانک ہی فیصلہ کن لہجے میں کہا۔

"تم ـــــ میری خاطر اتنا بھی نہیں کر سکتیں؟" ـــــ ان کی آواز میں شکوہ تھا۔

"اس سے زیادہ کر سکتی ہوں ـــــ مگر یہ ناممکن ہے! پھر ـــــ وعدہ تو آپ نے کیا تھا وہاں چلنے کا" ـــــ میرے سچے بے ریا جذبوں نے بڑی مشکل سے اندھیرے کا سہارا لے کر سفاکی کا مظاہرہ کیا۔

"میں کیا کروں ایک طرف خالہ جان ہیں، ان کی ساری زندگی کی تپسیا اور تیاگ ہے۔ دوسری طرف تم ہو ـــــ میری زندگی ـــــ میری محبت ـــــ میری تو کچھ میں نہیں آرہا کہ کیا کروں؟" ـــــ انہوں نے پریشانی سے پیشانی ہاتھ سے ملتے ہوئے کہا ـــــ وہ واقعی بہت پریشان تھے۔

"جو اہم ہو ـــــ اسے چن لیجئے!" ـــــ میں نے بے اعتنائی سے کہا اور وہ بس عجیب سی نظروں سے مجھے دیکھ کر رہ گئے۔

ٹرین چھوٹنے میں ابھی کچھ دیر تھی ـــــ اسٹیشن پر کلاوتی، پھپھو اور عاکف مجھے رخصت کرنے آئے تھے ـــــ عاکف کے چہرے پر جیسے دھول سی اڑ رہی تھی، آنکھوں میں ویرانیاں تھیں، چہرے پر ایک بے تاثر بے نام جذبہ چھایا ہوا تھا۔ کلاوتی کی مسکراہٹ میں سنجیدگی تھی اور پھپھو حسب عادت اپنی مخصوص محبت کے ساتھ سب کو دعا سلام کہلوا رہی تھیں۔

"میرا خیال ہے ماریا اب تم ٹرین پر چڑھ جاؤ ـــــ پانچ چھ منٹ رہ گئے ہیں!" ـــــ کلاوتی نے گھڑی دیکھتے ہوئے کہا۔ میں اس سے گلے ملی ـــــ گرم جوشی کا احساس

ہوا — عاکف سے ہاتھ ملایا ٹھنڈا یخ بے جذبہ سا اجنبی ہاتھ — اور پھر پھپھو کی بانہوں میں بکھر گئی۔ ہم دونوں ہی رو رہے تھے وہ شاید — اپنے فیصلہ پر اور میں اپنی شکست پر۔

"بیٹا — ہو سکے تو اپنی پھپھو کو معاف کر دینا" — وہ پلیٹ فارم پر ٹرین کی کھڑکی سے لگی اپنے آنسو پونچھتے ہوئے بولیں۔ میں نے دھندلی آنکھوں سے کچھ دور کھڑے عاکف کو دیکھا — جو بت بنے آنکھوں میں دنیا جہان کی شکائتیں لئے میری طرف دیکھ رہے تھے۔

"میری بچی — ہم انسان بہت کمزور ہیں" — ٹرین نے سیٹی دی۔

"تو پہلی بار یہاں آئی اور میں نے — میں نے تیری خواہش کو اپنے ارمانوں تلے روند دیا — مگر — مگر — ٹرین رینگ رہی تھی اور وہ ساتھ ساتھ چل رہی تھیں —

"بیٹا ۳۸ برس پہلے — ایک شخص نے اپنے مستقبل کی خاطر — ایک معصوم زندگی کو تاریکیوں میں دھکیل دیا تھا — اب میں اس کہانی کو دہرانے نہیں دوں گی — عاکف یہیں رہے گا ..... اب ..... کوئی خاور کسی ..... وجاہت علی ..... کے ..... انتظار ..... میں ..... بھسم نہیں ہوگی ....." میں نے رفتار پکڑتی ٹرین سے جھانکا — ایسا لگا جیسے ارمانوں، آرزوؤں، خواہشوں کی چتا جل رہی ہو اور زمین سے اٹھنے والے ان شعلوں کی لپک آسمان تک پہنچ رہی ہو!!

۱۹۸۶ء اسلام آباد

قسم اللہ پیارے کی

لان میں پہنچی تو دیکھا وہ سرکڑے امّی کی کرسی کے پاس زمین پر بیٹھا حسبِ معمول اپنے دکھڑے سنا رہا تھا —— آج بہت غصہ میں لگ رہا تھا —— بولتے بولتے زبان لڑکھڑانے لگتی تھی۔

"کتنی بار تم سے کہا ہے کہ جب ان کمبختوں کو تمہارا کوئی خیال نہیں تو کیوں سب کے پیچھے جان دیئے مرتے ہو !" —— امّی نے کہا۔

"کیا کریں بیگم صاب —— بس کاکوں کی وجہ سے —— اور پھر آپ کھد دیکھیں جمانہ کیسا بُرا آن لگا ہے —— مہنگائی ہے روج بہ روج عرس سے باتیں کر رہی ہے۔ اب میرا بھی تو کوئی فرج بنتا ہے —— بچوں کو دیکھتا ہوں تو دل یوں یوں کرتا ہے !" اس نے دلی کیفیت کا اظہار ہاتھ کے اشاروں سے کیا۔

"کیا بات ہے آج پھر بھائی سے جھگڑا ہو گیا ؟" —— میں نے کرسی پر بیٹھتے ہوئے پوچھا۔

"ہاں باجی —— بس آج کے بعد جو اس کے گھر گیا تو قسم اللہ پیارے کی کتّے کی اولاد کہنا —— بہت ہوگئی —— اب آپ دیکھیں کیسا ملا تنکڑا جوان ہے —— مگر بس ہردم بدماسی کیا کرتا ہے —— آنکھوں میں جنانیوں کی طرح سرمہ ڈال، سر میں کھوپرے کا تیل لگا، ریسمی لنگی پہن کھوسبو میں بسا گنڈوں کی طرح باجاروں میں پھرا

کرتا ہے۔ آج چھوٹا کاکا بیمار تھا ـــ میں اس کے گھر گیا تو بہو پریشانی میں رو رہی تھی۔...
ابھی میں اسے تسلی دے رہا تھا کہ جانے کہاں سے گھومتا نکل آیا۔ اس کی سکل دیکھ کر میرے تو آگ لگ گئی ـــ میں نے کہا ـــ "محمد حسین ـــ حرامی جرا جورو اور کاکوں کا کھیال بھی رکھا کر۔"

"بس باجی ایس نے میرے ساتھ بہت بدتمیجی کی ـــ اِتّی بڑی گالی دی جو میں کھاب میں بھی سوچ نہیں سکتا" ـــ فضل محمد خاموش ہو گیا۔

"کیا کہہ دیا محمد حسین نے؟" ـــ میں نے پوچھا ـــ اس نے اپنا سر جھکا لیا۔

"باجی بہت بری بات کہی ـــ کہنے لگا ـــ کہ ـ کہ ـــ لالہ بڑا کھیال ہے میرے گھر کا اور جنانی کا ـــ کھسم ہم ہے کہ تم!" ـــ فضل محمد کی آواز ـــ بھرّا گئی تھی۔

"بس باجی ـــ گصہ مجھے پاگل کر گیا ـــ میں نے کس کر ایک دھپڑ اس کے منہ پر لگایا اور بولا ـــ اوئے کتّے وہ دن بھول گیا جب کندھے پر چڑھا سارا سہر گھوما کرتا تھا ـــ بس پھوراً میرے کدموں پر گر گیا اور لگا معافی مانگنے ـــ فضل محمد رک گیا پھر بولا۔

"باجی وہ دیکھنے میں تو ہے بالکل پہلوان مگر اندر سے کھالی۔ ڈرپوک!" ـــ

"تو تم نے معاف کر دیا؟" ـــ میں نے پوچھا۔

"نہیں ـــ ہم اس کو بالکل معاف نہیں کرے گا۔"

"باجی اس نے ہمیں بہت بڑی گالی دی ہے ـــ اس کی جنانی کو ہم اپنی بیٹی کی مافک سمجھتا ہے ـــ اس کے کاکوں کو اپنی اولاد جانتا ہے ـــ مگر آج کے بعد ـــ ہم بالکل اس کے گھر نہیں جائیں گے ـــ !" ـــ یہ کہہ کر وہ اپنے کاندھے پر

پڑے رومال سے آنکھیں پونچھتا ہوا اٹھ کھڑا ہوا

فضل محمد خانساماں پچھلے پچیس برسوں سے ہمارے گھر تھا۔۔۔ ایک بار دادا جان کہیں جارہے تھے تو ٹرین میں یہ ملا تھا بمشکل تمام پندرہ سولہ برس کا رہا ہوگا۔۔۔ اس نے ٹوٹی پھوٹی زبان میں بتایا کہ خرکار اسے بچپن میں اٹھالے گئے تھے وہیں سے بھاگا ہے ۔۔۔ ان لوگوں نے اس کی زبان جگہ جگہ سے داغ دی تھی اسی وجہ سے بولنے میں لکنت تھی ۔۔۔ لفظ بھی صحیح طور سے ادا نہیں کرپاتا تھا۔ دادا جان اسے ساتھ لے آئے مہینوں اخبارات میں اشتہار دیتے رہے اور آخر کار ایک دن اس کا باپ، سوتیلی ماں اور سوتیلا بھائی محمد حسین اسے ملنے آگئے ۔۔۔ اس کی ماں بیٹے کے غم میں اللہ کو پیاری ہوچکی تھی ۔۔۔ بس وہ دن اور آج کا دن فضل محمد نے اس گھر کی چوکھٹ نہیں چھوڑی۔ فضل محمد آج بھی بالکل ویسا ہی تھا جیسا ہم نے اسے اپنے بچپن میں دیکھا تھا۔ دیانت دار، پرہیز گار اور بے حد محنتی ۔۔۔ میری بہنوں کی شادیاں ہوگئیں بھائی پڑھنے چلے گئے اور گھر میں اب فقط ہم تین ہی نفوس رہ گئے تھے امّی پاپا اور میں ۔ امی تو حسبِ معمول شام کو بیٹھ کر کبھی جمعدار کی بیوی کے گھر کے جھگڑے نمٹاتیں کبھی دھوبن کی بہو کے دکھڑے سنتیں ۔۔۔ خیر یہ تو کبھی کبھی کے واقعات تھے مگر فضل محمد کا تو ہر دوسرے تیسرے روز یہی معمول تھا. بھائی سے کسی نہ کسی بات پر ناراض ہوکر آجاتا ۔۔۔ سو باتیں اس کو سناتا . بڑے جوش سے کبھی نہ ملنے کی قسم کھاتا ۔۔۔ مگر پھر دیکھو تو تیسرے چوتھے دن ہنستا ہوا . دمکتا چہرہ لئے چلا آرہا ہے ۔

"کیوں چاچا ۔۔۔ توڑ دی قسم ؟" ۔۔۔ میں اس کا چہرہ دیکھ کر ہی سمجھ جاتی اور وہ زور سے ہنس پڑتا ۔

"کیا کریں باجی ۔۔ سوتیلا ہے تو کیا ہوا ۔۔۔ آکھر ہے تو ایک ہی

باپ کا کھون !"

مگر آج وہ واقعی بے حد ناراض تھا ــــ

"کس قدر کمینہ ہے اس کا بھائی ــــ ذرا بھی تو شرم نہیں آئی" ــــ میں نے اس کے جانے کے بعد امی سے کہا۔

" ارے بیٹا جیسی روح ویسے فرشتے۔ ان لوگوں کے ہاں اس قسم کی باتیں آئے دن ہوتی رہتی ہیں ــــ اور اس کم بخت کو دیکھو ــــ ہر ماہ ساری تنخواہ بھاوج کے ہاتھ پر رکھ دیتا ہے ــــ کتنا سمجھایا کہ فضل محمد کچھ تو اپنے لئے رکھ لیا کر ــــ تو کہتا ہے بیگم صاب ہمارا کون ہے ــــ نہ بیوی نہ بچے ــــ نہ ماں نہ باپ جرورت مند تو بھو اور بچے ہیں ــــ امی نے کہا اور اٹھ کر اندر چلی گئیں ــــ اور میں کافی دیر بیٹھی فضل محمد کے بارے میں سوچتی رہی ــــ آج کے اس نفسا نفسی کے دور میں جب سگے کاروادار نہیں ــــ فضل محمد کا کردار واقعی عجیب تھا !

شاید چوتھے روز کا ذکر ہے۔ میں لان میں بیٹھی تھی یکایک گیٹ کھلا اور تین چھوٹے چھوٹے سہمے ہوئے بچوں نے یکے بعد دیگرے جھانکا۔

" ہاں ــــ کیا بات ہے ! " فضل محمد کے بھتیجوں کو پہچان کر میں نے پوچھا۔

" وہ ــــ باجی ــــ اماں پوچھ رہی ہے تایا ابو بیمار تو نہیں ہو گیا ــــ چار پانچ دن سے گھر نہیں آیا !" ــــ ایک نسبتاً بڑے بچے نے ہمت کر کے کہا۔

" نہیں ــــ بیمار تو نہیں ہے مگر وہ تم لوگوں کے گھر نہیں جائے گا تم سے ناراض ہے !" ــــ میں نے کہہ کر بچوں کو چلتا کر دیا۔

تھوڑی دیر بعد فضل محمد جو کسی کام سے باہر گیا ہوا تھا گیٹ میں داخل ہوتے ہوئے بولا : باجی ــــ کوئی ہماری کھیریت مالوم کرنے تو نہیں آیا ؟" ــــ یہ کہتے کہتے اس کے چہرے پر ایک عجیب سی چمک کوند گئی ــــ شاید امید کی ! ــــــ

"کیا کسی کو آنا تھا؟؟" ـــ میں نے اس کی طرف دیکھتے ہوتے پوچھا۔ اور اس کا چہرہ جیسے بجھ گیا۔

"نن ..... نہیں تو ..... بس ویسے ہی پوچھ لیا" ـــ اس نے سر جھکا کر کہا اور آگے بڑھ گیا۔

"وہ محمد حسین کے بچے آئے تھے!" ـــ میں نے ایکدم ہی کہا اور فضل محمد جیسے پورا کا پورا جگمگا اٹھا۔

"کک ..... کیا ..... کب ..... کیا کہہ رہے تھے!" ـــ وہ بے تابی سے مڑا۔ پھر میں نے ساری داستان سنادی۔

"ہاں اچھا کیا ـــ باجی ـــ واکعی ہیں ہوتا تو کسم ٹوٹ جاتی ـــ کسم اللہ پیارے کی مگر اب ایسا نہیں ہوگا!" ـــ اس کے منہ سے جیسے کراہ نکلی۔

کئی مہینے گزر گئے ـــ فضل محمد پہ واقعی حیرت تھی کہ ایک بار بھی تو نہیں گیا بھائی کے گھر ـــ اور اگر اس کے گھر سے کوئی آجاتا تو کہلوا دیتا کہ گھر پر نہیں ہے ـــ ایک شام گھر پر کچھ لوگ آئے ہوئے تھے۔ سب لوگ باتوں میں مصروف تھے یکایک شور کی آواز سے ہم چونک پڑے امی اور میں گیٹ کی طرف لپکے۔ عجیب منظر تھا ـــــ محمد حسین فضل محمد کی ٹانگوں کو مضبوطی سے پکڑے زار و قطار رو رہا تھا۔

"لالہ ـــ معاف کر دے ـــ گھر چلا چل ـــ اللہ کے واسطے!" وہ روتے روتے بھائی کی خوشامد کر رہا تھا اور فضل محمد کا غصہ کے مارے بُرا حال تھا۔

دفع ہو جا حرامی ـــ جب کہہ دیا کہ تیرے گھر نہیں جانا ہے تو کیوں پریشان کر رہا ہے! ـــ ہم ـ ہم ـــ اللہ پیارے کی کسم یا تیرا کھون کر دے گا یا اپنا ـــ چلا جا محمد حسین!" ـــ لفظ غصہ سے ٹوٹ ٹوٹ کر اس کے منہ سے نکل رہے تھے اور کہتے کہتے اس نے دو تین گھونسے محمد حسین کے جڑ دیے مگر وہ خاموش پٹتا رہا۔

"مار لے لالہ ــــ جتنا مارنا . . . . ہے . . . . مگر . . . . ایک بار گھر چلا چل۔"
محمد حسین نے ایک بار پھر روتے روتے کہا ــ اور فضل محمد نے اس زور سے ٹانگ کو جھٹکا دیا کہ محمد حسین لڑھکتا ہوا ایک طرف جا گرا۔

"ارے فضل محمد چلا جا ــــ معاف کر دے !" ــــ امّی کو رحم آگیا تھا۔

"نئیں بیگم ساب ــــ اس نے جبان کی تلوار ماری ہے ــــ ہم ــــ بالکل نئیں جاتے گا !" ــــ فضل محمد نے غصہ بھرے لہجہ میں کہا۔

"جا تو سہی ــــ دیکھ بچے یاد کر رہے ہوں گے !" ــــ امی نے ایک اور پانسہ پھینکا۔

"بچے ؟ ؟ ــــ وہ بھی اس حرامی کا کھون ہیں !" یہ کہہ کر اس نے نفرت سے زمین پر تھوک دیا اور اندر چلا گیا۔

"محمد حسین اس وقت تم چلے جاؤ وہ بہت غصہ میں ہے ــ !" امّی نے اس کے بھائی سے کہا اور وہ سر جھکائے گیٹ سے باہر نکل گیا۔

"ارے فضل محمد کیا ہو گیا ہے تم کو ؟ ؟" ــــ ایک شام پاپا اسے دیکھ کر چونک پڑے۔ آنکھیں حلقوں میں دھنس گئی تھیں۔ رنگ زردی مائل ہو گیا تھا ــــ اور بشرے سے کمزوری صاف ظاہر ہو رہی تھی۔

"کچھ نئیں ساب وہ جرا بکھار نے دبوچ لیا تھا ــــ اب تو ٹھیک ہوں ــــ بیگم ساب دوا تو دے رہی ہیں !" اس نے حسب عادت ہنس کر کہا۔

"نہیں ــــ لاپرواہی مت کرو ــــ کل صبح ڈاکٹر کے پاس چلے جاؤ ــــ میں فون کر دوں گا !" پاپا نے کہا۔

"اچھی بات ہے ــــ ساب !" اس نے کہا اور میز پر سے چائے کے برتن سمیٹنے لگا۔

"ارے گھلا جا رہا ہے بچوں کے مارے ــــ کتنا سمجھایا کہ اب معاف

کردے بھائی کو مگر اس کی تو ایک ہی رٹ ہے کہ نہیں جاؤں گا، اس نے مجھے گالی دی ہے!" امّی نے بتایا۔

"ہوں ۔۔۔ دیکھو ایک دو روز میں محمد حسین کو بلا کر صلح کروا دوں گا!" ۔۔۔ پاپا نے کہا اور اُٹھ کھڑے ہوتے۔

اچانک ہی ہمارے ہاں مہمان آ گئے اور یوں مہمان داری میں ہم لوگ فضل محمد اور محمد حسین کے جھگڑے کو بھول گئے ۔۔۔ تقریباً ایک ہفتہ مہمان رہے ۔ جس رات انہیں واپس جانا تھا اسی رات کھانے کے بعد میں باورچی خانے میں گئی چائے کا کہنے تو دیکھا فضل محمد آنکھیں موندے دیوار سے ٹیک لگائے بیٹھا ہے ۔ میں نے بغور اس کے چہرے کو دیکھا۔

"اُف بے چارہ کس قدر دبلا ہو گیا ہے!"

"جی جی!" ۔۔۔ میری آواز پر چونک کر وہ جلدی سے کھڑا ہو گیا۔

"جی باجی!" ۔۔۔ میں چند لمحے اسے دیکھتی رہی۔

"تمہاری طبیعت زیادہ خراب معلوم ہو رہی ہے جا کر آرام کرو!" ۔۔ میں نے کہا۔

اور خلافِ معمول وہ خاموشی سے اپنی کوٹھڑی کی طرف چلا گیا ۔۔۔ اس کی چال میں لڑکھڑاہٹ نمایاں تھی ۔ آج تک ایسا نہیں ہوا کہ اس سے کہ آرام کا کہہ دو اور وہ چلا جائے ۔ جب تک ہم لوگ جاگتے رہتے وہ باورچی خانے میں بیٹھا رہتا اور جب اُسے یقین ہو جاتا کہ سارا گھر سو گیا ہے تب وہ باورچی خانہ بند کر کے اپنی کوٹھڑی میں جاتا۔

رات خاصی دیر تک جاگنے کی وجہ سے میں گہری نیند سوئی ہوئی تھی کہ امّی کی آواز پر آنکھ کھلی۔

"آج آفس نہیں جاؤ گی؟" ۔۔ "ایں .... ہاں ... جاؤں گی ذرا دیر سے

میں نے اُٹھتے ہوئے کہا ـــــ اور غسلخانے کی طرف چل دی۔
" آج یہ ابھی تک فضل محمد نہیں آیا ــــ نو بج رہے ہیں !" ــــ امی نے ناشتہ میز پر لگاتے ہوئے کہا۔
" ہاں رات اس کی طبیعت خاصی خراب لگ رہی تھی !" ــــ میں نے چائے کا ابلتا ہوا پانی کیتلی میں ڈالتے ہوئے امی کو تفصیل بتائی۔
" اے ہے ــــ ہم لوگ تو مہمانداری میں پھنس کر اس غریب کو بالکل ہی بُھلا بیٹھے !"
امی بولیں۔ پھر انہوں نے چوکیدار کو بلا کر ہدایت دی کہ فضل محمد کو دیکھ آئے ــ ابھی ہم نے ناشتہ شروع ہی کیا تھا کہ چوکیدار بد حواس کھانے کے کمرے میں دوڑتا ہوا گھسا۔
" بیگم صاب ! بیگم صاب .... وہ فضل محمد .... اس کو پتہ نئیں کیا ہوا ..... وہ بولتا ای نئیں ....." آن کی آن میں ہم سب اس کی کوٹھڑی میں جمع ہو گئے ــــ مگر اب وہاں کیا تھا ــــ روٹھا ہوا فضل محمد اپنے اللہ پیارے کے پاس جا چکا تھا۔ تھوڑی ہی دیر میں اس کا بھائی بھاوج اور بچے روتے بین کرتے آ گئے۔

" ہائے لالہ ــــ میں تو تمہاری بیٹی ہوں ــــ اپنی بیٹی سے کیوں روٹھ گئے !"
ــــ محمد حسین کی بیوی فضل محمد کے بے جان قدموں سے لپٹی بین کر رہی تھی ــــ
" صاب اجازت ہو تو ..... لالہ ..... کو ..... گھر لے جا .. وَں !"
ــــ محمد حسین نے روتے روتے پاپا سے کہا ــــ اور انہوں نے خاموشی سے اثبات میں سر ہلا دیا۔
" دیکھو محمد حسین تمہاری ذرا سی بات نے چاچا کو موت کے منہ میں پہنچا دیا !"
میں نے آنسو پونچھتے ہوئے کہا۔
" ہاں .... باجی .... سب .... گل .... تی .... محمد .. سین

کی ہے .... لالہ اس کا کھیال ..... اپنے ..... بیٹے کی .... . طرح رکھتا ... تھا ..... اور .... اس نے .... اس .... نے .... کبھی بڑے ..... بھائی کی اِجّت نیئں کی ..... ہائے لالہ .... ابّا بیمار پڑے ..... مگر اپنی ..... بیٹی کو ..... کھبر بھی نہ کی .... ناراج تو بھائی سے .... تھے ..... میرا کیا کصور ..... تھا ..... ہائے .... ہم تو ..... آکھری ..... وکت ..... کوئی کھدمت بھی نہ کر پائے .... ہائے لالہ .... وہ بُری طرح بین کر رہی تھی ——— امّی اسے سنبھالے دلاسہ دے رہی تھیں .

" ہائے میری بیگم صاب ..... اب ہماری جرورتوں .... کا کون ..... کھیال .... رکھے گا .... دیکھو تو .... لالہ ہم سے ناراج تھا ..... مگر .... مگر .... ساری تن .... کھاہ .... ہر مہینہ پابندی ..... سے میرے .... کو ..... بھجوا دیا کرتا تھا ..... ہائے لالہ ... . محمد حسین کی بیوی رو رہی تھی ——— سسک رہی تھی میری نظر ایکدم ابدی نیند سوتے ہوئے فضل محمد پر پڑی — اس کے ہونٹوں پر عجیب سی مسکراہٹ کا احساس ہوا جیسے کہہ رہا ہو:

"کیا کریں باجی — سوتیلا ہے تو کیا ہوا — آکھر ہے تو ایک ہی باپ کا کھون !!

کوئٹہ ۱۹۸۳ء

لکیریں

"دیکھو بی بی ــــ یہ جو دائرے، تکون، مثلث وغیرہ ہوتے ہیں نا ــــ یہ درحقیقت وہ نہیں ہوتے جو ان کے نام ہیں ــــ بلکہ یہ تو صرف لکیر ہوتی ہے چاہے تو دائرہ بنالو، تکون بنالو، مثلث بنالو ــــ یا کچھ اور!" ــــ کافی دیر سے وہ سجاد کے اس فلسفہ پر غور کر رہی تھی ــــ صبح سے کام کر کر کے خاصی تھک چکی تھی۔ اس کے ہوٹل میں آج ملک کے ایک مشہور انگریزی رسالے "ٹرینڈز" کا سیمینار تھا۔ اس کی وجہ سے صبح سے مختلف شعبوں کو ہدایات دیتی رہی۔ ہال جاکر چیک کیا کہ کسی چیز کی کمی نہ رہ گئی ہو۔ پھر اپنے کمرے میں آکر سرماہی پی۔ آر رپورٹ بنائی جو ہوٹل کے مالک کو چند یوم تک بھجوانا تھی۔ ابھی رپورٹ ٹائپ ہونے کو دی ہی تھی کہ سجاد آگیا ــــ سجاد اس اشتہاری کمپنی کا منیجر تھا جہاں سے اس کے ہوٹل والے اشتہارات بنواتے تھے ــــ اور اس وقت وہ انٹلکچوئل سجاد کے اس فلسفہ پر غور کر رہی تھی ــــ فون کی گھنٹی بجی اور وہ چونک پڑی۔

"السلام علیکم سینز!" ریسیور اٹھا کر اس نے میکانکی انداز میں کہا۔

"ہاں بھئی ــــ وہ "ٹرینڈز" والوں کا سب ٹھیک ٹھاک ہو گیا ہے؟" ــــ دوسری طرف سے ہوٹل کے جنرل منیجر نے پوچھا۔

"جی ہاں ــــ آپ بالکل فکر نہ کیجئے!" اس نے کہا اور پھر چند لمحے غور سے ان کی بات سنتی رہی۔

"اچھی بات ہے ــــ میں آ رہی ہوں !" ـــــ اس نے ریسیور کریڈل پر رکھ دیا اور ایک طویل سانس لے کر اٹھ کھڑی ہوئی۔

نورین پچھلے ڈیڑھ برس سے ہوٹل کاسموپولیٹن میں نائب سیلز مینجر کے عہدے پر کام کر رہی تھی ـــــ یہ ہوٹل ملک کے اچھے اور نامور ہوٹلوں میں شمار ہوتا تھا۔ اسٹاف لکھا پڑھا تھا اور لوگ اچھے گھرانوں ہی سے آتے تھے۔ پھر اسے سب سے بڑا فائدہ ٹرانسپورٹ کا تھا ـــــ یہی سب سہولیات دیکھ کر اس نے یہ نوکری قبول کی تھی۔

وہ جنرل مینجر کے کمرے سے نکل کر ابھی لابی میں پہنچی ہی تھی کہ کسی نے پیچھے سے آواز دی۔

"ہیے میڈم !" ـــــ مگر وہ ان سنی کر گئی ـــــ دوسری بار پھر کسی نے پکارا۔

"ارے محترمہ کہاں چلی جا رہی ہیں ـــــ ذرا رُکیئے تو !" ـــــ اور وہ مجبوراً رک گئی۔ پلٹ کر دیکھا تو ایک اخبار کا رپورٹر تھا

"اوہ ! ـــــ نوید صاحب آپ یہاں کیسے ؟" اس نے خوش خلقی سے پوچھا۔

"بس یہی "ٹرینڈز" کے سیمینار کی کوریج کے لئے آیا تھا۔

"تم کہاں ہو آج کل ؟" نوید نے قریب آ کر بے تکلفی سے پوچھا۔

"بھئی آپ نے ناحق اپنے گلے کو تکلیف دی ـــــ میرے قریب آ کر بھی تو گفتگو کر سکتے تھے !" اس نے چند لمحے قبل نوید کی بدتہذیبی کا احساس دلانے کو بظاہر مسکرا کر کہا۔

"تمہارا نام بھول گیا تھا مگر چہرہ یاد رہا ـــــ ہاں تو میں پوچھ رہا تھا آجکل کہاں ہو ؟" نوید نے بغیر کسی شرمندگی کے ڈھٹائی سے ہنستے ہوئے کہا۔

"نظر نہیں آ رہی ہوں کہ کہاں ہوں ؟" اس نے پوچھا۔

"اوہ ـــــ تو تم اس ہوٹل میں کام کر رہی ہو ؟ نوید نے کچھ حیرت سے پوچھا۔

"ہاں ؟" ـــــ نورین نے مختصراً کہا۔
"بہ حیثیت ! ؟" ـــــ اس نے کریدا
"بہ حیثیت نائب سیلز مینجر" ـــــ نورین نے بتایا

"ارے واہ ! ـــ پھر تو بڑے ٹھاٹ ہوں گے ـــ یہاں تو سنا ہے تنخواہ بھی بہت اچھی ہے اور پھر سہولیات بھی کافی ہیں ـــــ ایک ہم ہیں دن بھر خوار ہوتے رہتے ہیں" ـــــ نوید نے منہ بنا کر کہا۔

"ایسا ہے تو آپ میری مینجری لے لیجئے اور میں آپ کی خواری !" ـــــ وہ ہنس پڑی۔

"ایسا ہو سکتا تو کیا بات تھی ـــــ ویسے تم بالکل ویسی ہو۔ جیسا کہ دو برس پہلے لاہور میں دیکھا تھا جب تم اخبار کی کوریج کے لئے آئی تھیں !" ـــــ نوید نے بے تکلفی سے اس کے شانوں پر ہاتھ رکھتے ہوئے کہا۔

"KEEP YOUR HANDS OFF NAVEED SAHIB :

میں اس قسم کی بے تکلفی پسند کرتی ہوں اور نہ عادی ہوں !" ـــ اس نے تیز لہجہ میں کہا ـــــ غصہ سے اس کا چہرہ سرخ ہو گیا تھا اور نوید نے کھسیا کر ہاتھ ہٹا لیئے۔

"وہ دراصل ..... بات یہ ہے .... کہ ... نوید نے کچھ کہنا چاہا مگر وہ ان سنی کرتی ہوئی تیزی سے اپنے کمرے کی طرف مڑ گئی۔

ہوٹل میں آنے سے قبل اس نے تقریباً ایک سال تک اخبار میں نوکری کی تھی لیکن آنے جانے کی دِقّت کی وجہ سے یہ نوکری اسے ترک کرنا پڑی تھی اخبار کی نوکری اسے پسند تھی اور یہی وجہ تھی کہ اخبار سے متعلق ایک اچھے خاصے بڑے حلقے سے اس کی جان پہچان تھی۔

کمرے میں آ کر وہ دو گلاس ٹھنڈا پانی ایک سانس میں چڑھا گئی مگر غصہ ہنوز قائم تھا۔

چند لمحے اپنے مختصر سے کمرے میں پھرتی رہی، میز پر رکھے رسالے خواہ مخواہ الٹ پلٹ کیئے ـــــ ایک طرف کیبنٹ پر رکھے ہوٹل کے بروشرز کو نئی ترتیب دے ڈالی ـــ اور پھر اپنی جگہ آکر بیٹھ گئی۔ اچانک اسے اپنی پی۔ آر رپورٹ کا خیال آگیا ـــ اس نے فون اٹھا کر ٹائپسٹ کا نمبر گھمایا۔

" ہاں اکبر ـــــ رپورٹ ٹائپ ہوگئی ہو تو اسے لے آنا"۔ اس نے کہا اور فون بند کر دیا۔

ابھی وہ رپورٹ پڑھ ہی رہی تھی کہ "ٹرینڈز" کے نائب مدیر فراست عدیم داخل ہوئے۔ نکھری شخصیت کے ادھیڑ عمر کے اس خوش اخلاق آدمی کا وہ واقعی احترام کرتی تھی۔

" آیئے عدیم صاحب ـــ کب شروع ہو گا آپ کا سیمینار ؟"ـــــ اس نے آنے والے کی پذیرائی کرتے ہوئے پوچھا۔

"بس دو بجے شروع ہو جائے گا !"ـــ فراست عدیم کرسی پر بیٹھتے ہوئے بولے۔

" کافی بڑے پیمانے پر ہو رہا ہے یہ سیمینار ؟" ـــــ اس نے رپورٹ ایک طرف رکھتے ہوئے کہا۔

" ہاں ـــ پورے ملک کے مختلف اخبارات اور رسائل سے متعلق لوگ آئیں گے ـــ کچھ یونیورسٹی کے پروفیسر حضرات بھی شامل ہیں !"ـــ انہوں نے تفصیل بتائی۔

" اچھا ـــ چھا ـــ چائے پیجئے گا ؟" نورین نے پوچھا۔

" چائے ؟" ـــ انہوں نے گھڑی دیکھتے ہوئے کہا۔

" ہاں پلا دو ـــ ابھی تو ایک گھنٹہ باقی ہے !" ان کے اقرار کے ساتھ ہی نورین نے روم سروس کو فون کر کے چائے کا کہہ دیا۔

"اچھا سنو نورین ——— پرسوں ہمارا سیمینار ختم ہو جائے گا ——— پھر ڈنر پے آنا ضرور!"
فراست عدیم نے ایک کارڈ، بریف کیس سے نکال کر دیتے ہوئے تاکید کی۔

"اچ ——— چھا!" اس نے مبہم لہجہ میں کہا۔

"کیا بات ہے ——— بہت دیر سے دیکھ رہا ہوں کہ تم کچھ پریشان سی ہو؟" وہ اسے بغور دیکھتے ہوئے بولے۔

"نن ——— نہیں ——— تو ——— بس ——— ایسے ہی!" ——— اس نے رکتے ہوئے کہا۔

"دیکھو نورین ہم تم دوست ہیں نا؟" ——— انہوں نے پوچھا ——— نورین نے بغور ایک لمحہ کو ان کے ستھرے وجود کو دیکھا۔

"جی ہاں بالکل!" ——— وہ بولی۔

"تو پھر ——— دوست کو پریشانی نہیں بتاؤ گی؟" ——— ان کے نرم لہجہ نے نورین کی ہمت بڑھائی۔

"پریشانی تو کوئی نہیں ——— بس غصہ چڑھ گیا تھا ——— بلکہ یوں کہیئے کہ دکھ کا شدید احساس" ——— اور اس جملے کے ساتھ ہی تھوڑی دیر پہلے کا واقعہ گوش گزار کر دیا۔

بات یہ ہے نورین کہ ہمارے ہاں کی عورت اتنی پابند نہیں ہے جتنا کہ مرد ——— یعنی یوں سمجھو کہ ہم بنیادی طور پر گھٹن میں جی رہے ہیں۔ سسک سسک کر ——— اور ایسے میں، اس معاشرے کے مرد کے نزدیک ایک عورت کو صرف دیکھ لینا ہی بہت بڑی بات ہے چہ جائیکہ کوئی لڑکی مسکرا کر بات کر لے ——— اور یہ مسکراہٹ بے شک کاروباری ہی کیوں نہ ہو مرد کو عشق میں مبتلا کر دیتی ہے ——— دراصل یہ سب سوشل سیٹ اپ اور شکست و ریخت کا شکار سوشل سٹرکچر کا المیہ ہے ——— مگر معاف کرنا اس میں کچھ قصور ہماری عورت کا بھی ہے۔ یعنی مرد کے اس عاشقانہ رویے کی ذمہ دار کسی حد تک عورت بھی ہے۔

ہمارے ہاں کی لڑکیاں ذہنی طور پر ایک ایسے تخیلاتی ماحول میں رہتی ہیں جہاں انہیں صرف

ایک شاہزادے کا انتظار رہتا ہے —— بلکہ یوں کہہ لو ہماری عورت چاہے وہ اعلیٰ سوسائٹی کی ہو یا ادنیٰ کی وہ پنگھٹ پر کھڑی کھڑی زندگی بتا دیتی ہے —— وہ بیگم بننا چاہتی ہے ۔ فیوڈلزم اس کا آئیڈیل ہے —— وہ کسی طور ٹیلنٹ کو PATRONIZE کرنے کو تیار نہیں۔ —— اور اسی ٹکراؤ سے اس قسم کے حالات پیدا ہوتے ہیں —— جو بے حد غیر یقینی اور تباہ کن ہیں!" —— فراست عدیم اپنی طویل تقریر کے بعد خاموش ہو گئے۔

"میں آپ کے نظریات سے اتفاق نہیں کرتی کیونکہ ایک طرف آپ عورت کو ذمہ دار ٹھہرا رہے ہیں دوسری طرف مرد کے مسائل کا ذمہ دار بھی عورت ہی کو گردان رہے ہیں —— میں سمجھتی ہوں کہ ہمارے ہاں کا مرد اپنے آپ کو کسی دیو مالائی کردار سے کم نہیں سمجھتا۔ اس کے نزدیک دنیا کی ہر عورت چاہے وہ کسی شہر کی ہو، کسی خانوادے کی ہو ایک سہل الحصول چیز ہے ۔ حالانکہ درحقیقت ایسا نہیں ہے —— ہمارے ہاں کے لڑکے عموماً خواتین پر اس وقت EXPOSE ہوتے ہیں جب عمر کا ایک طویل حصہ تعلیم، نوکری ۔ وغیرہ میں گزار دیتے ہیں —— میرے خیال میں عدیم صاحب آپ میری بات سمجھ رہے ہیں —— پھر —— آپ بھی تو اس ٹوٹتے بکھرتے معاشرے کے فرد ہیں ۔ آپ بھی تو ایک مرد ہیں —— مگر آپ ان سب سے بے حد مختلف ہیں!" اس نے اپنی بات ختم کرتے ہوئے کہا —— فراست عدیم کے چہرے پر تفاخر کی سرخی جھلک آئی تھی

"بھئی نورین ہر آدمی دوسرے سے مختلف ہوتا ہے —— اب تم کو ایک واقعہ سناؤں —— چند برس پہلے صحافیوں کا ایک وفد ایک غیر ملکی دورے پر گیا —— مجھ سمیت تقریباً پندرہ جرنلسٹ تھے ۔ اتفاق سے ہماری گائیڈ ایک خوبصورت نوجوان لڑکی تھی ۔ وہ مختلف شہروں میں ہماری ہمرکاب رہی —— ہمارے جرنلسٹ حضرات انفارمیشن سے زیادہ دلچسپی اس لڑکی میں لے رہے تھے —— فضول سوالات کر رہے تھے —— بے تکی باتیں کر رہے تھے ۔ میں دیکھ رہا تھا —— لڑکی کبھی کبھی خاصی پریشان

ہو جاتی تھی ــــ مگر میں بھی کچھ نہیں کر سکتا تھا ـــ سو خاموش رہا ــــ بلکہ اکثر تو یوں بھی ہوا کہ وہ دوسرے حضرات کی باتوں سے گھبرا کر مجھ سے گفتگو کرنے لگتی ــــ جس روز ہمیں صبح واپس آنا تھا اس رات کا واقعہ سناؤں ــــ ہم سب ڈنر کے بعد ہوٹل کی لابی میں بکھرے بیٹھے تھے کہ وہ آگئی اور سیدھی میرے برابر والے صوفے پر بیٹھ گئی اور بولی: ــــ

"مسٹر عدیم آپ اس وقت فارغ ہیں!" ــــ میں چونک پڑا اور کہا: ــ

"ہاں ــــ کیوں؟" ــــ کہنے لگی آپ اگر اس وقت میرے فلیٹ پر چل کر ایک پیالی کافی پی لیں تو بڑی عنایت ہوگی۔ میں نے چند لمحے سوچا اور اٹھ کھڑا ہوا ــــ اس نے بے تکلفی سے میرا ہاتھ پکڑ لیا اور چلنے لگی تمام حضرات ہمیں رقیبانہ نظروں سے گھورنے لگے ــــ مگر تم کو تو پتہ ہے ویسٹ کی لڑکیاں کس قدر نڈر ہوتی ہیں۔ یقین کرو نورین میں اس کے فلیٹ پر تقریباً چار گھنٹے رہا۔ ہم دنیا جہان کی باتیں کرتے رہے ــــ وہ مجھے اپنے بارے میں بتاتی رہی اور...... اور نورین کو اچانک سجاد کا فلسفہ سمجھ میں آگیا۔

"یہ جو دائرے، تکون، مثلث وغیرہ ہوتے ہیں نا در حقیقت یہ وہ نہیں ہوتے جو نظر آتے ہیں بلکہ یہ تو لکیر ہوتی ہے چاہے تو دائرہ بنا لو ــــ تکون بنا لو، مثلث بنا لو، یا کچھ اور!!

اسلام آباد ۱۹۸۵ء